俺だけレベルが上がる世界で悪徳領主になっていたV

わるいおとこ

イラスト／raken

contents

Oredake LEVEL ga
agaru sekaide
Akutokuryousyu ni
natteita.

illust. raken

CHARACTERS ——— 主な登場人物

新エイントリアン王国

エルヒン・エイントリアン

本作の主人公。戦略ゲームをプレイしていたところ、ゲームのプロローグで死亡する悪徳領主に転生してしまう。ゲーム知識とシステムを駆使して世界制覇（ゲームクリア）を目指す。

ジント

エルヒンの右腕で特攻隊長。元はナルヤの一兵卒だったが、恋人のミリネと共にエルヒンに救われたことで忠誠を誓うようになる。

エルヒート・デマシン

元ルナン王国最強の武将で「鬼槍」の異名を持つ。

フィハトリ・デルヒナ

ルナン王国公爵ローネンの部下だったが、エルヒンの野望に惚れ込み付き従うようになる。

セレナ・ドフレ

元ルアランズ王国王妃。クーデターの際にエルヒンに助け出され、王国崩壊後は民を連れてエルヒンの家臣となる。

ミリネ

ジントの恋人。今は研究者となるべく勉強中。

ヘイナ・ベルヒン

ルナン王国の参謀長だったがエルヒンに敗れて失脚。ルナン王国の崩壊に乗じて、父を亡き者にしたローネン公爵に復讐を果たす。

ハディン・メルヤ

元エイントリアン領地軍指揮官。熱血漢で忠誠心が高い。

ベンテ

元エイントリアン領地軍百人隊長。能力は高いがお調子者。

グラム

元ルナン王国の研究者。ルナン王国崩壊後難民となっていたところをエルヒンに救われ臣下となる。

セリー

グラムの娘。父同様に高い知力を持つ。フラン・バルデスカに想いを寄せている。

ヴィントラ

ルアランズ王都周辺の村を束ねていた人物。農村民からの人望が厚く農業の知識にも精通している。

ベルタルマン

山岳地帯を縄張りとする山の民の長。先祖の恩を返すため山の民を率いてエルヒンの臣下となる。

ロゼルン王国

ユラシア・ロゼルン

ロゼルン王国第一王女。高い武力と魅力を兼ね備えた女性。エルヒンに想いを寄せている。

ナルヤ王国

カシヤ・デ・ナルヤ

ナルヤ王国国王。大陸に数人しかいないS級武将の一人。

フラン・バルデスカ

ナルヤ王国軍総参謀長。マナの陣の使い手でエルヒンの宿敵。

メデリアン・バルデスカ

ナルヤ十武将序列第一位。強敵と戦うのが好きで、自分を打ち負かしたエルヒンとの再戦を望んでいる。

イスティン

ナルヤ十武将序列第三位。寡黙な性格で一切喋らない。

ルカナ

ナルヤ十武将序列第七位。イスティンの副官で彼の通訳を務める。

MAP

N
W
E
S

ナルヤ王国

ケベル王国

ジェナス王国

ロトナイ王国

空白地帯
(旧ルアランズ領)

神聖ラミエ王国

港

海

ナルヤ王国軍占領

ロゼルン王国
ロゼルン王都

山脈
エイントリアン王都
新エイントリアン王国

第1章 王国の始まり

新エイントリアン王国建国を宣布してから約1週間。

俺はある重要な事柄について悩んでいた。

それは、今いる部下たちの地位や身分と役職任命についてだった。

彼らの待遇や肩書きが今まで通りであってはならない。これまでは基本的に爵位無し、あるいは暫定的にルナン王国での地位を流用していたが、こうして俺が王位に就いたのに家臣たちがそのままという訳にはいかなかったのだ。

とはいえいきなり全員を上位貴族である公爵に任命することはできない。国を興すことがゴールではなく、むしろこれからさらに国を拡大していかなければならない。そのためには今後は戦争だけでなく内政への注力も必要だ。

ここまでついてきてくれた部下たちの忠誠心は疑いようのないものだが、爵位という明確な目標があったほうがモチベーションも上がるだろう。

そうなると主要家臣たちは公平に伯爵から始めればいいか。ひとまずみんな伯爵

（領地なし）だ。

もちろん主要家臣たちを統括する国のナンバー2は必要だ。

それにぴったりの人物は、エルヒートだった。

能力だけでいえばフィハトリもその候補にはなる。内政に関する能力ならエルヒート以上だろう。しかし彼はまだ若い。みんなが無条件で認める人物は、家臣の中ではエルヒートだけだ。積み上げてきた経験と実績がなければ人はついてこない。

そうすると、エルヒートは公爵だ。

今のところ新エイントリアン王国で唯一の公爵位を持つ人物だが、しばらくはほとんど名ばかりの公爵となる。

公爵とは通常、領地を持つ伯爵を家臣として従えた貴族の中の貴族のような感じだが、今の俺には家臣に分配できるほどの領地はない。残念ながら今はただの名誉職だ。

もちろん、いずれ国が拡大したときにはそれぞれに所領を持ってもらうつもりだ。領地はこれからどんどんと増やしていく。そうでなければ攻略も何もないから、当然だが。

ただ、ユラシアには爵位を与えることができなかった。彼女はルナン王国滅亡後からずっと俺に従ってくれているものの、今もまだロゼルンの姫であることに変わりはない。ロゼルンが滅亡したわけでもないのに俺が彼女に爵位を与えたりすれば、勝手にロゼルン王国を新エイントリアン王国の属国とみなしたとして外交問題になってしまう。

しかし、古代エイントリアン王国時代にはロゼルン家は公爵家だった。だから歴史から見れば実は彼女も我が国の公爵位を持っているのと変わらないともいえる。

なんにせよ現段階ではまだ彼女は表向き俺の臣下だとすることはできなかった。

それから、グラムとセリーにも爵位を与えることはできなかった。単純に手柄をまだ立てていないからだ。

というわけで新エイントリアン王国の臣下たちの爵位が一応決定した。

次に決めなければならないのはそれぞれの職責(しょくせき)だ。


現在、新エイントリアン王国には王都ブリンヒルを含めて三つの領地が存在する。だが難民の受け入れなどを行ったので土地に対して人口が多すぎるため、近々に東に進んで空いている土地をもう少し領地に加えるつもりだった。そう、俺がかつて滅ぼした旧ブリジト王国の領土だ。

現在この土地は誰のものでもないため、落ち着き次第誰かに軍を任せて占領させに行けばいい。

それに人口問題だけでなく食糧不足の解消や農地の開墾(かいこん)、財政の改善などやらなければならないことが山積みになっている。

それらを片付けるために、まずはそれぞれの臣下たちに職責を与えよう。

俺は目の前にシステムを開いた。

[あなたは晴れて一国の王となりました。おめでとうございます]

[王となったことで国王モードが追加されました]

すると不思議なメッセージが現れた。これはゲームの時には見られなかったメッセージだ。

いや、4回目のプレイの時には出てきたか……？

最近気づいたことだが、現実世界で俺が攻略してきたゲームの記憶は完全ではないらしい。ゲームプレイが経験として残っている感じではないというか。記憶に蓋が被せられていて、それを思い出すにはまるで書かれた記録を検索して引き出すような感じがすることがある。

この国王モードもそれに該当するようだ。

とりあえず俺はシステムで国王モードを開いてみた。

するとすぐに変化が現れる。

今まで俺が見ていた人物の能力値が細分化され、新たな項目が追加されたのだ。

[政治]と[魅力]。

明らかに内政に特化したステータスだ。今まで［政治力］は［知力］の値から、［魅力］は［指揮］の値から推察するしかなかった。

だがこの二つが可視化されたことでより細かく適正を見て役職を割り振ることができるようになったというわけだ。

それなら最も気になるのはユラシアの［魅力］数値だ。彼女の［指揮］は宝物の腕輪リンキツを着用した状態で９７。ところが、この腕輪は［魅力］数値を高めるものであり、直接的に［指揮］を高めていたわけではなかった。

つまり彼女の［魅力］数値は９７以上であるということ。

［ユラシア］

［魅力：９９（＋２）］

やはりな。

ユラシアの［魅力］は１０１、S級ということだ。

ユラシアの場合、この高い［魅力］に［武力］が合わさって高い［指揮］を形成したのだ。

とりあえず、これは後で全部まとめて見ることにしよう。

他にも国王モードで何ができるようになったのかを把握しなくては。

そう思いながらシステムを見ていると、また気になる項目があった。［情報操作］というモードだった。

それを押すと。


［［スパイ］を派遣して敵の［城］に［情報操作］をしますか？］

というメッセージが現れた。これは確かゲームにもあった機能だ。
今まで出てこなかったのでてっきり削除された要素だったのかと思っていたが、どうやら国王モード専用ということらしい。
［情報操作］とは、敵の［城］にデマを広めて兵士たちの［士気］を下げたり、あるいは偽の情報を城主に伝えて望む行動をさせるためのアクションだ。
［情報操作のためには、［課報（ちょうほう）］スキルが必要です］
［課報は教育所を建設することで獲得できるようになるスキルです］
［教育所を建設するためには［教育］スキルが必要です］

なんでこんなに複雑なんだ？

ゲームでは隠密が得意なキャラクターに任せるだけでよかったのに。

この現実では［諜報］スキルとは文字通りスパイしか行えないような専門性の高いスキルとなっているということ。

そしてスパイを養成するためには教育所がなければならない。

さらにその教育所は、当然教育を行える人物がいてはじめて稼働させられる。

教育所を建設することはできるが配置できる人物が果たしているだろうか……。

できれば俺はこの教育所を早めに稼働させたかった。

［情報操作］はかなり強力なスキルであり、それゆえにゲームの時ですらとても使いにくい代物だった。この現実ではもっと使いにくいだろう。

しかし［諜報］スキル自体は非常に有用なスキルだ。

［諜報］スキルはなにも［情報操作］にのみ使用するわけではない。他国へ潜入させてそこの情報を得ることにも使える。また利用可能な［スパイ］が多いほど［情報］を多く得ることができる。

これから俺が征服戦争を行っていくにあたり、敵国の各領地に関する詳細な情報を知ることができるという点で［諜報］スキルは非常に重要だった。

試しにここブリンヒルの領地情報を見てみよう。

［ブリンヒル］
［人口：122万］
［民心：99］
［兵力：5万2千］

まず、これが基本情報だ。
ここで［兵力］の詳細を見ると、各兵科と［士気］［訓練度］の情報も出てくる。
ここまでは今までも確認可能な情報だった。
だが国王モードになったことでさらに細部を見ることができるようになり、

［ブリンヒル城壁］
［城壁耐久度：91］
［東門耐久度：88］
［西門耐久度：82］
［南門耐久度：98］
［北門耐久度：90］

こんな情報まで出てくる。

戦争において最も重要かつ核心的な情報だが、もちろん他国の領地ではここまで詳細な情報は出てこないし、そもそもシステムで確認するために俺が現地まで出向く必要があった。

しかし教育所でスパイを育てて敵国の領地に潜入させれば、この情報を遠隔で知ることができるようになるのだ。そして教育所で育てたスパイのランクによって集めてくる情報の深さも変わってくる。

［諜報］スキルがBランク程度の［スパイ］なら基本情報程度しか得られないが、ランクが上がるほどさらに重要な情報を得ることになる。これは必ず重点的に育成しなければならない。

そしてこの［スパイ］を育てておけば、［情報操作］も可能だ。

［情報操作］では［民心］を下げることができるのだ。敵国の領地のうち、領主に人望がなく基本の［民心］が低いところの場合、少し［情報操作］をするだけでも［民心］がかなり下がる。

そして［民心］が10を下回ると、ルアランズで経験したように暴動が起きる。そんな領地を占領するのは非常に容易になる。

だが逆に［スパイ］のランクが低かったり、あるいは［知力］の高いものが敵側にいた場合［情報操作］の成功率は下がってしまう。

また［諜報］でも［情報操作］でも［スパイ］のランクが低いと敵に発覚しやすくなるというリスクもある。

だから可能な限り早めに高ランクの［スパイ］を育成できる体制を作り上げておきたかった。

システムを効率よく利用するためには、適材適所で人物を配置することが重要となる。

そこで俺は家臣たち全員のステータスを表示した。

［ハディン・メルヤ：武力60 知力57 指揮70］＋［政治75］［魅力65］
［ベンテ：武力49 知力38 指揮82］＋［政治21］［魅力52］
［ジント：武力93（＋2）知力41 指揮52］＋［政治2］［魅力61］
［ユセン：武力82 知力60 指揮90（＋2）］＋［政治61］［魅力88］
［ギブン：武力70 知力34 指揮76］＋［政治14］［魅力67］
［ミリネ：武力5 知力74 指揮10］＋［政治56］［魅力80］
［ユラシア・ロゼルン：武力87（＋3）知力57 指揮95（＋2）］＋［政治42］
［魅力99（＋2）］
［エルヒート・デマシン：武力96 知力70 指揮92］＋［政治54］［魅力90］
［フィハトリ・デルヒナ：武力81 知力85 指揮89］＋［政治94］［魅力85］
［ガニド・ヴォルテール：武力30 知力60 指揮61］＋［政治43］［魅力55］
［ベルタルマン：武力80 知力50 指揮78］＋［政治43］［魅力45］
［セレナ・ドフレ：武力2 知力77 指揮72］＋［政治89］［魅力95］
［グラム：武力45 知力81 指揮70］＋［政治95］［魅力75］
［セリー：武力11 知力62 指揮50］＋［政治75］［魅力76］
［ヴィントラ：武力23 知力68 指揮88］＋［政治87］［魅力81］
［ヘイナ・ベルヒン：武力60 知力81 指揮55］＋［政治76］［魅力68］

こうして全体を見てみると、これまで［指揮］を参考にしていた［政治］と［魅力］の数値は大体思った通りの部分が多かった。

例えば、ジントは［政治］の値が2しかない。当然といえば当然なのだが、よく当てはまっている。

エルヒートもやはり人望が厚いため［魅力］は高いが、［政治］はそこまでもない。良くも悪くも誠実な人物だからだろう。政治的な駆け引きには向いていないということ。

一方、ローネンを裏切って実利的に動いたフィハトリは、やはり［政治］の数値が非常に高かった。フィハトリはまぁ、すべての部分で優れたやつだ。今後エイントリアン王国において最重要人物になる可能性が高い。

セレナは密かに［政治］がかなり高かった。……いや、密かに、ではないか？　ルアランズ王国のために政略結婚をして各派閥のパワーバランスを抑えていたのは紛れもなく彼女だった。

グラムはやはり内政に特化した人材だった。数値だけ見てもそれは明らかだった。

となると、教育所の担当は彼が適任かもしれない。ステータス上は［知力］と［政治］と表示されてはいるものの、そもそも彼はルナン王国でその能力を認められていた研究者だったのだから、［教育］スキルも高いに違いない。

エルヒートから聞いたところによると、軍事学から農業に至るまで実用的な学問の大家だという。諜報だけでなく農業、林業、漁業(ぎょぎょう)、いろいろな分野で活躍させられる人材だが、今は「諜報」だ。

そのため、とりあえずグラムを呼び出した。

*

「お呼びですか、陛下(へいか)!」

「ブリンヒルの居心地はどうだ?」

「ルナンの家より大きいところを下賜(かし)していただき、感謝しかありません! 私の娘も……喜んでいます」

俺には明るく挨拶(あいさつ)したが、セリーに言及しながら表情が少し暗くなった。

まあ、それはもっともだった。セリーの場合、突然去ってしまったバルデスカのせいで激しく落ち込んでいるようで、溜め息ばかりついているらしい。やはり彼女はバルデスカに片想いをしていたに違いなかった。

さすがにそこはプライベートな問題なので、俺に何かできるわけでもないのだが。

「心配しすぎるな。もう少ししたら落ち着くさ」

「陛下もご存知……だったのですか?」

「なんとなく。セリーはよくバルデスカと一緒にいたからな」

「そ、そうだったのですね。面目ございません。敵に想いを寄せるだなんて」

グラムは憂鬱な表情で俯いた。

「その話はここまでにしよう。それより、今日は君に仕事を頼むために喚んだんだ」

「それは本当ですか？　そろそろ遊んでばかりいるのも気が引けてきたところでした」

暗い表情だったグラムが少し明るくなった表情で、冗談交じりにそういった。

「不肖グラム、誠心誠意勤めさせていただきます！　それでどのような仕事でしょうか？」

「教育所を一つ建設しようかと思うんだが」

「教育所ですか？」

「ただの教育所ではない。諜報機関の養成だ。この混乱した時代に最も重要なのは情報だろう？」

「ごもっともなお言葉です！　情報とはそもそも戦争の基礎です。敵の表も裏も知り尽くして、ようやく戦いが始まるといっても過言ではありません！」

グラムが何度もうなずいた。

「君は軍事学にも精通していると聞いたが、この部分ではどうだ？」

「特別専門であるとは言えませんが、少々研究のためのお時間をいただければお望みの結果を出してみせる自信はあります！」

「それならよろしく頼む。もちろん全面的な支援はするつもりだ。金銭的な面でも、人材的な面でもな」

「本当ですか！　そ、そうしてくだされば、私は必ず成果を出してみせましょう！　命を懸けて、必ず！」

グラムは非常に嬉しそうに答えた。

＊

というわけで［諜報］担当はグラムに決まった。肩書きは一旦初代教育所所長、といったところだろうか。いずれは［諜報］のみならず技術全般の研究にも携わってもらおう。

次に解決しなければならないのは農業の問題だ。

こちらは既にミリネに研究を進めさせているのだが、彼女ひとりに任せているので成果はそこまで上がっていなかった。元農民とはいえ専門的な知識を豊富に持っているわけではない。研究そのものに対する経験も不足しているため、どうしても［知力］だけでは限界があった。

そういえば国王モードでは国全体や領地ごとの［農業］の値を確認することができるようになっていた。

［新エイントリアン王国］
［農業：55］

この［農業］は兵糧(ひょうろう)につながるので［諜報］と同程度に重要だ。そのためもう少し人材を投入する必要があった。

［農業］の数値を高めておくことができれば、来年から同じ畑でも多く収穫できるようになる。むしろそれまでに農地を整備しておかなければ食料も財政も逼迫(ひっぱく)してしまうだろう。

１年間の税金免除が終わったからといって、いきなり税金を引き上げることはできない。

そもそも税金を上げたとしても売り上げや収穫がなければ民から取るものがない。まず収穫量を増やして民の生活を安定させることで［民心］も高まり、兵糧も豊かになる。

一応ミリネと仲の良いユラシアにも研究を手伝ってもらっているのだが……率直に言って、このユラシアが問題だ。彼女は軍事に特化しているのであって、農業とは縁遠い。

そもそもがお姫様なのだから畑の手入れなど今までしたこともないだろう。

成果を出すためには、ユラシアの代わりにヴィントラが良さそうだった。いや、ヴィントラこそもってこいだ。

ルアランズ王都の一番大きい村の元・村長で、今まで農業を営んできた専門家の中の専門家だ。人望も非常に高かったので農夫たちとの意思疎通も円滑に行えるだろう。

そのため、俺はすぐユラシアの代わりにミリネのパートナーとしてヴィントラを任命した。ユラシアは若干不服そうにしていたが、その後ろでミリネがほんの少しほっとしたような顔をしていたので、きっと俺には計り知れない苦労があったのだろう……。

その後はセレナを呼び出した。彼女にもやらせることがあった。

「セレナ、ドフレ領から連れてきた民たちのことだが」

「彼らがどうかいたしましたか？　まさか何か問題でも……？」

あまりに単刀直入に言い過ぎたせいでセレナが不安そうな表情をしてしまう。

「すまない、そうじゃなくて今まで忙しすぎてまともに話もできなかったから、ドフレ領出身の者たちと一度食事でもしたいと思ってな」

「それは本当ですか？　みんなとても喜ぶと思います。そうでなくても……元は敵国ですから、もしかしたら冷遇されるのではないかと心配している者もいましたから」

冷遇だなんて。彼らはルアランズから連れてきた大艦隊（だいかんたい）をきちんと運用するために必要だった。

　ただドフレ領地出身の者たちとまともに話をする時間も取れておらず、能力値や人柄などをまだ確認できていない。向こうからしても突然現れた得体(えたい)の知れない男だという印象は強いのだろう。

　これは早めに席を設けなければならなさそうだった。

＊

「セリー！　セリー！」

「うぅ～ん……何よ、お父さん……」

　セリーは布団に埋もれていた。バルデスカの悪口を一日に数百回言いながらも、何度も思い出しては苦しんでいるところだった。

「今すぐ起きろ！　いつまで横になっているんだ。ほら、陛下から仕事を任されたんだ！」

「ううん……？　仕事ってどんな……？」

　布団を被って眠っていたセリーは顔だけ出してグラムを見た。

「何って！　仕事だよ！　すぐに行かないとならないからお前もついて来い！　これから忙しくなるぞ！」

「ち、ちょっと……お父さん！　わかった！　わかったから放して！　こんな格好じゃ外に出られないから！」

セリーは力任せに引っ張るグラムに向かって慌てて叫んだ。

「そ、それもそうだな」

グリムはセリーのぼさぼさの髪に手をやって、ようやく冷静さを取り戻した。

それからしばらくして、正装に着替えた父娘はブリンヒルの都市広場の片隅（かたすみ）に向かった。

「失礼ですが、グラム様ですか？」

「そうですが」

グラムとセリーがエルヒンに指定された場所へ着くと、ローブを着た線の細い人物が現れた。

特徴的なのはその容姿である。あまりにも美しい顔をした人物だ。

「はじめまして。私はヴィネ・シェインズと申します。あなた様方をご案内するように命じられました。さあ、こちらへどうぞ！」

ヴィネと名乗った人物はグラムとセリーを連れて歩き出す。

「ええと、ヴィネ殿でしたか？　あなたは一体……」

「ああ、私はブリンヒルで学者をしていたのです。グラム様と同業ですよ。専門はマナの陣についての研究です。ですが先の戦で見事ブリジット王国は滅亡し職を失いましてね、ははは」

そういってヴィネは爽(さわ)やかに笑う。

「途方に暮れていたところを陛下に拾(ひろ)っていただいたという次第です。もちろんマナの陣は基本戦争の道具ですからある程度戦術や戦略についても齧(かじ)っていますよ。まあ私が使えるマナの陣は光を出したり髪の色を変えたりとそこまで強力なものではないのですがね……っと、到着いたしました！　こちらです！」

満面の笑みでヴィネが指したのは大理石で出来たドーム型の建物だった。

「フフ、この建物こそ新エイントリアン王国国立諜報教育所でございます！　元はブリジットの大図書館だったのを私たちが改築いたしまして。なんと陛下はグラム様にこの建物全体を下賜されました！」

グラムは驚いてあんぐり口を開けた。セリーも隣で「うわあ！」と歓声を上げる。

全面的な支援をしてくれるとは言っていたが、まさかこれほどの施設を自分に与えてくれるとは思わなかったのだ。

さらに中に入ればグラムをサポートするための人材が並んでいた。元が図書館だったというだけあって資料や研究室も豊富に揃っているらしい。

「本日より私たち諜報教育所員はグラム様の指示のもとに働きます。つまりあなた様がこの建物全体の統括というわけですね！　羨ましい限りです……。私にはあの小さな研究室しか与えられなかったので。ぐすん」

ヴィネは窓の外を指差してすすり泣く。そこには小さな離れのようなものがぽつんと建っていた。

「そ、そうですか」

グラムは、このすべての状況に困惑していた。

「お、お父さん！　この人たち、全員お父さんの部下なの？」

セリーは驚きで目玉が飛び出しそうだった。

グラムはただでさえ自分とセリーに良くしてくれたエルヒンに大きな感謝の念を抱いていた。その上重要な役目を与えてくれたのだからそれに応えないわけにはいかない。

しかし、これほどまでに支援してくれるとは。

この厚遇はプレッシャーではあったが、しかしむしろ段々と学者としての闘志が湧いてきた。

ルナンでも貴族の支援を受けてはいたが、これとは全く次元が違った。

たまにエルヒートがしてくれる支援が一番大きいものだったが、エルヒートも裕福な領地を持っているわけではないので、それもまた大きな支援ではなかったのだ。

「……よし」

グラムはぱん、と自分の頬をたたいて気合を入れる。

そして指示を待っている部下たちに最初の命令を下したのだった。

＊

ケベル王国のプレネット公爵は、ひどく苛立っていた。

原因は先日の南ルナン王国での失敗だ。

ヘイナにまんまと唆されて挙兵し、その挙句に兵を大勢失って帰ってきた。

しかもただ敗走しただけではない。自分の大事な忠臣であるルテカを喪った。その損失は計り知れなかった。

「よくも、よくも私を謀りおって……エイントリアンめ……あいつら、絶対に許さぬぞ！」

怒りに燃えてプレネット公爵は机に拳をたたきつけた。

だがそれでも彼は状況を正しく判断している。

完璧にやられたとしか思わなかった。

ヘイナの計略だったと騒ぐことも恥ずかしい。

野心に任せて南ルナンを不意打ちしようとしたのはあくまで事実。

しかもヘイナひとりで計画したのではない。彼女の裏にいたのは最近建国を宣布した新エイントリアン王国だった。

つまりはじめからヘイナはエルヒンに命じられて自分に近づいてきたというわけだ。

そのことを見抜けずまんまと乗せられた自分はローネン率(ひき)いる南ルナン王国を滅ぼし、そして新エイントリアン王国に敗走を余儀無くされたというわけだ。

本当に笑わせてくれる。古代王国の復活だと?

聞けば聞くほど怒りが込み上げる。

しかも問題は、彼らが領土とした場所が絶妙だということだ。

直(ただ)ちにこの恥辱(ちじょく)を雪(そそ)ぐべく挙兵したいところだったが、探ってみるとそうもいかない事情がいくつもでてきた。

まずケベル王国の北側では、現在ナルヤ王国がヘラルド王国へ侵略戦争を仕掛けている。情報ではそろそろヘラルド王国も降伏するしかないというところまで追い込まれているらしい。今この状況でエイントリアン侵略のために軍を派兵しようものなら、最悪の場合ナルヤは勢いそのままにヘラルドからケベルへと攻め入るだろう。

またケベルの南には神聖ラミエ王国がある。彼らとは元ルアランズ王国の領土を巡ってすでに対立してしまった。

つまり攻め入っても横槍が入る可能性が高く、その上本国を危険に晒してしまう。

このような状況で直ちにエイントリアンへ戦争を仕掛けることは現実的に不可能だった。

プレネット公爵は深く溜め息をついて怒りを抑えた。

彼は激情家ではあるが理性で物事を判断するタイプの人物だった。

「殿下。方法が全くないわけではありません」

そんな状況で口を開いたのは、プレネット公爵へ先の報告を行い「今は怒りを抑えるべきだ」と進言した張本人だった。

名前はガリント。プレネット公爵の秘書であり、情報収集や助言を行う切れ者だった。

「方法がないわけではないだと？　今は怒りを抑えねばならない時だと言ったのは、他でもない其方ではないか！」

「ええ、ですが考えているうちにふと妙案が浮かびまして」

「妙案だと？　それは何だ！　もったいぶらずに早く言え！」

もどかしさにどうにかなりそうだったプレネット公爵は、怒りと喜びを混ぜたような声で催促した。

「まもなくナルヤ王国はヘラルド王国をすべて占領するでしょう。そうなればケベル王国と国境を接することになります」

「そうだ！　それが私と陛下の最大の心配事だ！　まったく、何一つ上手くいかぬ！　何一つ！　頭が痛いわ、頭が！」

　プレネット公爵が地団駄を踏み、もどかしさを訴えた。

「殿下、私はこれらすべてを神聖ラミエ王国との同盟で解決することができると考えます」

「ラミエと同盟だと！　ありえん！　やつらは確かナルヤへ同盟を提案して断られていたはずだ。そんな自尊心の欠片もないような国と同盟など！」

「それほどナルヤ王国を危険視しているという意味です。だからこそ、我が国との同盟の提案を断ることはできないでしょう」

「同盟の提案を断れないだと？　他の国であればまだしも、ルアランズの地をめぐって争っている我が国とだぞ？」

　敵として対立しているのに同盟とは。プレネット公爵はとんでもない話だと思った。

　しかし、ガリントは自信満々だった。

「もし仮に私たちケベル王国がナルヤに敗北したとしましょう。そうすると今度はラミエ王国もナルヤと国境を接することになりますよね？」

「それはそうだ」

「となれば次に狙われるのはラミエ王国です。すでにナルヤに同盟を提案したということとは、ラミエ王国単体でナルヤに対抗するだけの力は持っていない、という宣言にも等しい。ですから我が国と同盟を結ぶのです。そうすればナルヤとケベルで対抗して戦うことができるようになります。また順番としては先にケベルが狙われます。神聖ラミエ王国は戦争が私たちの土地で終わることを願い援軍を多く出してくるでしょう。少しでも出し渋れば逆に自分たちの首を危うくするだけですからね」

気に入らない話だが、理解はできた。結局神聖ラミエ王国がケベル王国を利用して他国で敵を防ぐという意味になるからだ。しかし援軍がいれば心強いのは事実だった。ナルヤと戦ううえで、大いに役立つはずだ。

「うむ……しかしもう少し確信が欲しい。やつらがこの同盟に乗ってくるという確信がお前にはあるのだろう？」

「それは……この策の核心は、ルアランズの土地を全部渡してしまうことにあります」

「なっ、何だと？　何を寝ぼけたことを言っておるのだ？　同盟を結ぶためにせっかく得たルアランズの土地を全部渡すだと？」

話を聞いてさらに腹を立てたプレネット公爵は怒ったが……。

「ルアランズをタダで手に入れられるなら、彼らはもっと欲深くなるでしょう。得るものが多ければ、さらにより多くのものを欲しがるはずです」

ガリントは落ち着いて地図上のエイントリアン地域を指した。

「同盟の最初の条件は、ケベル王国への援軍の派兵です。そして二つ目の条件は、ルアランズを彼らに渡すという目の前にニンジンをぶら下げる策です。そして最後は、その代わりに新エイントリアン王国を滅ぼすこと。もちろん奪った土地は好きにしてもらえばいい」

「ん？　つまり、ラミエ王国のやつらにエイントリアンを征伐させるということか？」

「我々に援軍を送り、エイントリアンも征伐することになれば、国力の消耗が激しくなるはずです。特にエイントリアンはそれほど甘くない国ですしね」

「つまりラミエが上手くやってくれれば後顧の憂いを断ちつつ鬱憤も晴らせ、仮に失敗してもやつらの国力が弱まるから問題はない、ということか？」

「その通りです、殿下」

プレネットはうなずいた。それなりに良い案だった。

「それなら我々は悠々とナルヤとの戦争に備えることができるだろうな？　それだけでなく、今回のことでラミエ王国の国力が衰えたら、ナルヤを撃退した後にルアランズを再び占領するのは非常に容易なことだ」

「はい、殿下。私たちはすぐ目の前に置かれた危機だけに集中しながら、後方のエイントリアンを攪乱することができます。ラミエ王国はぐずぐずしていて動くのが遅くなり、私たちにルアランズの土地をほとんど奪われたことを悔しがっているはずなので、私が直接行って必ず同盟を結んで参ります！」

「そうだな。それでは、一応陛下にも話を通しておかなくては。ああ、それからアドニアのやつをすぐに連れて来い！　いつまでも遊んでいる場合ではない。ナルヤは王を含めて精鋭揃いだと言えばあの戦闘馬鹿もすぐに連れてこれるだろう」

プレネット公爵はそう叫んだ後、急いで王宮に向かった。

＊

ブリンヒルの港は旧ブリジット王国領では最も規模が大きかったが、だからといってルアランズの港にははるかに及ばないのが現実だった。

きちんとした港がなければせっかくの大艦隊の運用もままならない。そのためある程度予算をかけて港の拡充をしていた。

その拡充工事と同時にドフレ領の人々とも会っておく。

「陛下、ご招待いただきありがとうございます！」

彼らを招いて宴を開くと、非常に喜んだ。

艦隊ができた以上、船乗りはとても大切だ。これから艦隊にやってもらうことは多かった。

だから俺は積極的に彼らに話しかけたし、セレナは熱心に彼らを俺に紹介した。

典型的な船乗りたちだからかほとんどが日に焼けた肌をしていて健康的だった。

彼らを含めドフレ領地の人々は貴族出身から一般兵士、そして一般の民まで海兵出身で漁業に従事する船乗りたちだったので、これからのエイントリアン艦隊の中枢(ちゅうすう)を担っていく人員だった。

ただ、問題が一つあった。

総司令官にはユセンかフィハトリを任命するにしても、戦場で実質的に艦隊を運用する人材が必要だった。ユセンやフィハトリは海戦については専門外である。船そのものに関してはさらにわからないことだらけだ。

そこでセレナに何人か副司令官として有能そうな候補を紹介してもらっていた。

「陛下、こちらはグゲンといって生前に父が重用していた部下のひとりでした。第１艦隊にも長く服務しておりましたから、艦隊の運用も海戦も一流の腕前ですよ！」

「グゲンと申します、陛下！　手前味噌(てまえみそ)ではありますが、艦隊運用には自信があります！」

腰を９０度曲げながら挨拶をするグゲンという男。この男もドフレ領地の子爵(ししゃく)出身だ。能力値も悪くなかった。

ただ、他にも紹介されたドフレ領地の下級貴族たち全員の能力が似たり寄ったりだ。

そのため、誰を副司令官に任命して艦隊の運用を任せるかが悩みだった。経験が必要な

だけでなく、副司令官ほどになると人柄も大事だからだ。

「それから、あちらはホフマンです。もう、挨拶しなさいって言ったのに、なんでまたひとりであんな隅に行って！」

セレナが指差した人物も、ゲゲンと大体同じくらいの能力値だ。彼も子爵出身。ただ、非常に不機嫌そうな表情をしている。どうもこの場が気に入らないようだ。

果たして誰が最も適しているのか。

結局この日は副司令官を決めることはできず、その後は宴を楽しむことに集中した。

翌日、セレナを呼んで再度話し合いをすることにした。

だがしかし、

「お前も誰を推薦すればいいかわからないのか？」

「はい……私が領地にいたのは幼い頃だけで、その後は父について王都にいましたから。もちろん父から部下たちの話を聞くこともありましたし何度か顔を合わせてもおりますが、実際の力量や人柄となるとわからないことも多く……」

「ふむ……じゃあ、それを逆に利用してみよう。艦隊副司令官ともなればやりたがるやつも多いだろう。その副司令官の地位をお前が推薦することにしたと噂を流してみるんだ。お前が推薦した人が副司令官になるってな」

「私がですか？」

俺はその理由について彼女に説明した。

そして噂を流して1週間後、セレナを再び呼んだ。

彼女は悲しそうな顔で泣いて訴えた。

「陛下！　まったく……家臣全員が私にまとわりついて来て、泣きつく者まで現れました……。いえ、泣きつくのはまだいい方で、家財を売って賄賂を渡してくる人もいたんですよ！　みんなどうかしています……！」

セレナは情けなさそうに首を横に振った。

まあ、つまり「そんな人には副司令官の座を与えない」ということだからな。

「何も言ってこなかったやつはいなかったのか？」

「ひとりだけ……ホフマン子爵です」

「あの日、宴に出席して隅で嫌そうな顔していたあの男か」

「はい、そうです」

「彼は今どこにいる？」

「港にいるようです。よく港の拡充工事を手伝っているとか」

「じゃあ、直接会ってみるか。あの日、どうしてあんな顔をしていたのかも気になるしな」

俺はセレナと一緒にホフマンを訪ねた。

港で兵士にホフマンを喚んでくるよう命じたが、なぜか兵士はひとりで戻ってきた。

セレナが尋ねると口籠っている。

「陛下がお見えになったのに……一体彼はどこにいるの？」

「いえ、それが……船の上でして」

「船の上にいるのに来られない理由は何ですか？　もう一度喚んでください！」

「ああいや、いい。待つのもあれだから直接行ってみるか」

いろいろ気になったので、セレナと一緒に港に停泊している艦船に向かった。

船の上では、ホフマンが上半身裸で何かに夢中になっていた。

「それは俺と会うことより重要なのか？」

「へ、陛下！」

後ろから声をかけるとホフマンはびくりと飛び上がるようにしてこちらを振り向いた。

「喚び出しに応じず申し訳ございません！」

そういうと彼は俺の前にひれ伏す。

一応俺を王と認めてはいるようだった。ルアランズから来て、俺が王であること自体が不満なのかもしれないと思ったが、そうではないようだ。

「すぐにでも向かいたかったのですが、どうしても手を放すことができず……！」

彼が持っていたのは船を直すための工具だったらしい。

「命令に背(そむ)いた罰(ばつ)であれば甘んじて受け入れます。ですがどうか、この船を全て修理し終えてからにしてください。小官にお預けいただいた陛下の船を不完全なままで放置しておくなどできません！　特にここの兵士たちは船について無知すぎる……！　勝手に手をつけられては直すどころかむしろ壊れてしまう……ああいえ、口が過ぎました、申し訳ありません」

「別に罰を与えようとかそんなことじゃないから、仕事を続けてくれ。ただちょっと仕事ぶりを見学に来ただけだ」

命をかけて引き受けた仕事をするというのを止められるわけがない。それが俺が任せた仕事なら、なおさらだ。

「そ、そうでしたか……失礼いたしました。そういえば先日の宴ですが、あのような席に呼ばれると、この船を直す時間が減ってしまいます」

「わかったわかった。では俺も今後仕事を頼むときはここへ来るようにしよう」

「そんな恐れ多いこと……！　いやしかし、そうしていただけると船のこともご説明しやすくなるか……？」

ひとりでぶつぶつと考え込んでしまったホフマンに思わず笑ってしまう。

子爵という肩書を持っていたが実際は船大工などの出だったのかもしれない。

「もういい。仕事に戻ってくれて大丈夫だ」

俺はそういって船を降りた。

なんだか「一本気」という単語が自然に思い浮かぶような男だった。


その日の夜、仕事を終えたホフマンが家に帰ると妻が開口一番大声で、

「ちょっと、あなた！　陛下がいらっしゃったのに見向きもせずに仕事をしてたなんて、本当なの？」

と尋ねてきた。

「どうしてそれを？」

「はぁ、どうしてって……もう、仕方のない男だよ」

妻はホフマンの背中をバンバン叩く。

「へつらって靴(くつ)を舐(な)めたって陛下に取り入らなきゃならないような状況だっていうのに、一体あなたが仕事ばかりしていて、どうするつもりなの？」

「じゃあ船が沈みそうなのに放っておけというのか？」

ホフマンが真顔で首を横に振ると、ホフマンの妻はへたり込んでしまった。

「もうおしまいよ……おしまい。その場では罰を与えられなかったとしても、後で首が飛んでいくかもしれないってことよ！　たとえ首は飛ばなくてもあなたが左遷(させん)されたり

でもしたら、私たちはどうやって生きていくの？　ああ……ドフレ領地は滅びたし……ここに来てまた何もかも失ってしまったら……！」

「それは……」

ホフマンは何も応えることができなかった。返す言葉が浮かばなかった。

本来の性格がそうだった。実直に自分の仕事をこなしていく。それで評価されてきたような不器用な男だ。ごますりの作法なども知らず、ルアランズで軍にいた頃も上官には疎まれるのが常だった。

「やっぱりそうなるか？　陛下もなんだか変な顔をしておられたし」

「はぁ、やっと今の状況に気づいたの？」

ホフマンの妻は首を横に振った。

「ええい、なるようになる！　今までだってそうだったんだ」

「今までだって何もうまくいってないのよ！　他の人たちはみんなセレナ様を訪ねて行ったそうですよ！　セレナ様が艦隊を運用する副指揮官を選ぶらしいと聞いて我先に推薦してくれって……それなのにこの人はごまをするどころか命令にも従わないんだから！」

ホフマンが困った顔をしているその時だった。

誰かが家のドアを叩いた。ホフマンの妻とホフマンは、驚いて互いを見つめ合った。

心当たりがありすぎたからだ。

「ご在宅ですか？　陛下からの遣いで参りました」

すぐに聞こえてきた言葉に、来るべきものが来たという思いからふたりは顔面蒼白になる。

「ああ……結局こうなってしまうのね。何をしてるの？　早く逃げて！　こんなんでも一応夫なんだから、目の前で死なすわけにはいかないわ……首を切りに来たのか、それとも解任だけで済むのかは私が確認するから！」

「おい、逃げろってなんだよ！　俺が任された船は全部直したから、今なら死んでも構わねぇ！」

その行動をホフマンの妻が阻止した。

「あなたなしで、どうやって生きろっていうの？　ちょっと小言を言われたからって死ぬつもりなの？　笑わせてないでよ……」

そうしてふたりが言い争っている間にドアが開いてしまい、ふたりは揉み合ったままドアの外を見た。

「ホフマンさんですか？」

ふたりに声をかけたのはグラムだった。その隣にはセリーも立っている。

てっきり兵士が来ると思っていたホフマンと妻は相手がどのような人物なのかわから

ずさらに混乱してしまった。

「そうだが……あなたは……？」

ホフマンがなんとか声を絞り出すと、グラムは笑いながら答える。

「私は学者のグラムと申します。陛下からあなたのことを紹介していただきまして。なんでも艦隊戦術にお詳しいとか」

「あれ？　どうしたんですか、おふたりとも？」

手を取り合ったまま「え？」という表情で立ちつくしているふたりに向かって、セリーが首を傾げた。

＊

「候補者全員に会ったか？」

「はい、陛下」

グラムには艦隊副司令官の候補たちに会ってみてくれと頼んであった。艦隊戦術について彼らがどれほど精進しているのかを確認するためだった。

というのも、グラムはルナン王国時代に、今まで起きた主要な海戦の記録や戦術をまとめたことがあったのだという。理論的には誰よりも博識な人物であり、そのためグラムと会話をさせれば実力を正確に測れるだろうと予想した。

「全員実戦を経験したベテランたちですからね、私のように理論だけの人間よりはるかに実用的なことをよく知っておりました」

「全員平均的な能力は高いということか。その中で特に優れた人物はいなかったか？」

「正直に言えば……そこまで突出した人物はおりませんでした。少なくとも私が見たところによればですが」

これも正確な評価だろう。

やはり能力値が全員似通っているため、当然知識や経験の深さも変わらないのだろう。すぐに海戦の名将を見つけることができない状況で、この中から任せられる人材を選ばなければならない。これはこれでかなり頭が痛い問題だった。

だがステータスとしても実感としても変わらないのであれば、やはり暫定的にはホフマンが一番いいと思った。少なくとも彼は候補たちの中で誰よりも任務に対して忠実であり、また艦隊への思い入れも強そうに見えた。

特に賄賂に頼らなかった点が評価できる。彼は万が一にも金銭や野心によって揺さぶられ、俺を裏切るようなことはしないだろう。

そのため、俺は艦隊副司令官をホフマンに任命した。

大艦隊の運用はこうして彼の役割となった。

＊

鬱蒼とした森の中。

「なんでこんなに木がいっぱいあるのよ！　歩きづらいじゃない！　スウェッグ、ローリンズ！」

メデリアン・バルデスカはひとり大声で文句を言いながら、宙に浮かせた二本の宝剣で彼女の行く手を阻む木々を切り倒した。しかし、その先にはまださらに森が広がっている。

「あああああっ！　もうやってられないわ。なんなのここ！　っていうかどこよここ！」

なぜ彼女がこんな場所にひとりでいるのか。それは彼女が道を完璧に間違えたのが原因だった。なんとなくこっちだろうと当たりをつけて、なぜかずずかと森の中へ入っていき、挙句の果てに元来た場所へすら戻れなくなって今に至る。

しかしそんなこと、プライドが非常に高いメデリアンは認められない。それで余計に森の深い場所へと踏み入っていってしまう。

カァアァンッ！

手当たり次第に宝剣を飛ばして道を切り開いていたが、結局丸一日彷徨っていた彼女

は疲れ切ってしまってどっかりと山道に座り込んでしまった。

「これも全部あいつのせいよ」

彼女は今、兄のフラン・バルデスカから絶賛逃亡中の身なのである。

ヘラルド王国との戦いに参加しろ、という命令に背きあてもなく逃げ続け、なぜかエイントリアン近辺へと辿り着いていた。

「大体看板も何もないのが悪いのよ……あんなの迷わない方が無理！　あーあ、私はちゃんとヘラルド王国に行こうとしたのに！」

この何もなく静かな山道がなんだか薄気味悪くなってきて、メデリアンは誰かに聞かせるかのように文句を言う。静か過ぎてこうでもしないと落ち着かなかったからだ。

ヘラルド王国への道とエイントリアンへの道をどうすれば間違うことができるのかと思うが、彼女はそんな些細なことは無視する性格だった。

それに自分を打ちのめしたエルヒン・エイントリアンへリベンジしなければならないという強い意志もあった。

そのため再び立ち上がった彼女は、木々を睨みつけた。

第2章 防衛戦

建国を宣布してから6か月が過ぎた。

早めに内政に着手したため多くの点で安定してきていたが、早急に手をつけなければならない問題も新たに発生していた。

そう、金だ。湯水のように使ったので当然といえば当然だが。

しかし金塊という初期ボーナスが底をつき始めたため、今後は国をまともに運営して財源を確保しなければならなくなってきた。

国の財政が赤字になれば、その負担はすべて国民に向かう。せっかく税金を免除することで上げた［民心］も、重税を課せられれば一気に下がる。そして［民心］が下がれば離反やクーデターが起こりやすくなり兵士たちの［士気］も下がってしまう。

とにかく財政を黒字化しなければこの国は滅亡へまっしぐらだ。

現在残っている金塊は、税金免除期間が過ぎた後、きちんと税を徴収するようになる時期までちょうど持ちこたえられる程度。

それでもほんの少し残るが、それは念のための保険だ。

もし突発的な出費が発生してしまったら間違いなくこの国は破産する。

そのため初年度の税収が最も重要だった。

人口は十分、働き手もいる。だが働く先がない。

そのため農地の開墾と農業の効率を上げることが急務である。

ヴィントラ・ミリネコンビの活躍で農業の効率性は日々改善されていた。

特にヴィントラの実践経験がミリネの［知力］に合わさったことが非常に大きかった。

また農民からの人望があったヴィントラのおかげで、農業数値の効率性は非常に大きくなった。


　農業数値が上がるほど、農地の収穫量が上がる。現在、［農業］は85まで改善した。

これが国庫にとって最も重要な部分だ。税率を低く抑えつつ黒字財政にするためには、収穫量を大幅に増加させなければならないからだ。


　とはいえ農地が増えなければ、いくら効率を上げたところで絶対値が増えない。

　そのために俺は領土を拡大することにした。

　エイントリアンの王都ブリンヒルから旧ルアランズ領までの間に、旧ブリジトの領地は細かく分けて10箇所存在した。その領地をすべてエイントリアンの領地に服属させることを一旦の目標にする。

領地はひとまずエルヒートやヴォルテール、またはルナン出身貴族の家臣を代官とし、その後功績（こうせき）に応じて貴族に領地を下賜（かし）するつもりだ。

［出陣］
［フィハトリ］
［歩兵1万5千］［士気92］［訓練度95］
［ユセン］
［歩兵1万5千］［士気92］［訓練度95］

ふたりにはそれぞれ1万5千の兵を与え、5箇所ずつ占領するよう命令した。

細かい配置は任せたがおおよそ1領地につき3千の守備兵がつく形だ。

空いている土地を服属させるのは難しいことではなかったので、フィハトリとユセンはすぐ任務を達成した。

こうして計13の土地がエイントリアンの領土になり、その大きさは旧ブリジトに匹敵するようになった。

この中で最も重要な領地は、東側に位置して旧ルアランズ領に隣接しているベランドとキンバーグだった。

現在、エイントリアンの北に位置する山脈が旧ルナンの土地との境界を形成しており、東北側の山脈が終わる部分がロゼルンと隣接していた。

南は海だ。ベルタクインの西側にも山があり、山を越えると海がある。

そして東に旧ルアランズ領があった。

ベランドとキンバーグはまさにこのルアランズと隣接していた。

一応旧ブリジト領と旧ルアランズ領は河で隔てられている。だがこの河は北に行くほど細くなっていくため、軍隊の渡河は可能だ。

だがルアランズ地域はケベル王国を神聖ラミエ王国が牽制し、さらに北部ではナルヤ王国が侵略戦争を始めていたため、どこも下手に動くことができずにいた。

そのおかげで、建国宣布から6か月もの長い間、特に危険もなく国力を上げることができた。

＊

俺は旧ルアランズ地域に隣接するベランド領に来ていた。

現在の新エイントリアン王国の総人口は、324万。

10の領地を併合したことにより、戦乱の間も故郷から離れずにいた民をも加算していた。もちろんその分［民心］は多少下がっているし、計13の領地を有する国としては多いとは言えない数だ。

それでも人口が増えたのは事実なので、6か月間少しずつ徴兵して兵力を高めた。

現在の兵の数は12万にまで増えている。

治安の維持と万一に備えられる守備兵を各領地に置かなければならなかったため、このうちの7万を防衛戦力とした。

まず首都であるブリンヒルには2万の常備軍。この2万の中には、山の民の山脈側の防衛兵力が含まれている。

それからベルタクインには現在育成中の兵たちが2万ほど。ここは山奥にありほぼ攻め込まれることがないため守備隊は無し。

さらに11の領地に残り3万の兵力を割り振っている。

というわけで現在自由に運用できる兵力は5万だった。

今後は基本的にこの5万の兵力を運用して他国と戦っていくことになる。

兵種の内訳はこうだ。まず歩兵が3万。次に鉄騎兵が1万。そしてエルヒートが新設した槍騎兵が1万だ。まさにエイントリアンが誇る精鋭部隊である。

そして1万の鉄騎兵は現在、俺が直接率いてベランドまでやってきた。

彼らは国境付近の2つの領地に配置するつもりだった。

「陛下！　陛下！」

フィハトリが駐屯している国境の関門に向かっていると、フィハトリの部隊の紋章をつけた兵士が今にも死にそうな形相で駆けつけて来た。

「どうした？　何か問題でも発生したのか？」

酸欠気味になっている兵士に向かってベンテが叫んだが、兵士はあまりにも焦った表情でそのまま俺の前に跪いた。

「陛下、火急の知らせです！」

「一体何があった！」

「神聖ラミエ王国が進軍して来ています。目標はこのエイントリアンです！」

＊

神聖ラミエ王国。

その名の通り「ラミエ神」と呼ばれる独自の神を信奉し、神の子を自称する者たちの国だ。

ゲームの中でも他の国とは異なる特殊な国だ。特徴的なのは、神聖ラミエ王国のみが有する特殊兵種の司祭の存在である。

司祭は神への信仰心により、神聖力という形でマナを使用することができる。その能力は瞬間的な治癒能力なのだが、これが厄介だった。

さすが神聖国家を名乗るだけあって、大体1部隊につきひとりは司祭が帯同している。そのため兵士がかなりの重傷を負ってもその場で回復して戦線に復帰させることができた。

つまり他の国と比べて継戦能力が極めて高いのだ。

この司祭の存在によって、神聖ラミエ王国はケベル王国の提案した同盟案を二つ返事で受けた。

山を越える必要がなく、最も楽にエイントリアンに侵攻できるようになったのは、まさにルアランズを譲り受けた神聖ラミエ王国であり、ラミエの国王もエルヒンを十分に危険視していた。さらに今回の同盟を結んだことによってケベル王国を牽制する必要もなくなる。エイントリアン攻めに運用する軍隊はもとからルアランズ領の占領に用いていた軍をそのまま侵攻ばいいので、負担が増えるわけでもない。

何より、うまくブリジトの地まで占領することになれば大陸の南半分以上がラミエ王国のものになる。そうなればあの強大なナルヤ王国をも押し返すことができるようになる。

このような思惑から、神聖ラミエ王国はルアランズの最西端へ向けて進軍を開始したのだ。

「大司祭様はエイントリアンをどう思われますか？」

神聖ラミエ王国の総大将は、大司祭と呼ばれていた。この国の軍隊は宗教組織であるラミエ教団の下に属しており、四人の大司祭が最高権力を握っている。

大司祭のうちひとりはケベル王国に向かう援軍に参加し、残りの三人はエイントリアン侵攻軍に合流した。

大司祭の中で最も地位の高いハムニ大司祭に向かって質問したのは、同盟を理由に参観したケベル王国のガリントだった。

「今のところあの国についてはあまり情報を持っていない。王になったエルヒン・エイントリアンがかなりの切れ者だという噂を聞いているだけだ。逆に君の印象を訊きたい」

強力な神聖力を持ったこの人物には、ガリントも下手に出ていた。

ガリントはプレネット公爵の命令で今回の戦争に参加した。自分が成し遂げた同盟であり、プレネット公爵からはどちらか一方が完璧に勝つことなく絶対に互いに消耗するように謀略を巡らせろとの命を受けている。それがケベル王国が最も得をする結末だったから。

「私も同じようなものです。実際にぶつかってみなければわかりません」

ガリントは首を横に振りそう返答した。

もちろんエルヒンに関する情報収集は綿密に行っている。こちらから仕掛けさせたのに知らないわけがない。

だが下手に助言をして万が一にもラミエ王国軍が圧勝してしまうようなことになってはいけない。

だから嘘をつき、はぐらかした。

果たしてどこまでハムニ大司祭は見破ってくるだろうか。

怪しまれることも危惧したガリントだったが、大司祭はただ「そうか」と一言呟いただけだった。

*

「ラミエ王国が攻め込んで来ただと？」

「そ、そうです、陛下。ラミエ側に送っていたスパイからの報告です！」

兵士は懐から密書を取り出した。

密書には、神聖ラミエ王国とケベル王国が同盟を結んだということが書かれていた。

それもなんと3か月前のことだ。

現在グラムに任せた［教育所］では数人のスパイを育成することに成功していたが、［諜報（ちょうほう）］スキルは55までしか育たなかった。

グラムは博識多才ではあるが、やはり諜報の専門家ではない。そのために現状55という数字が上限値になっているようだった。

必要最低限の数値ではあるが、ひとまず俺は育ったスパイを順次各敵国へと送ってみていた。今回の情報はそのスパイによる手柄（てがら）だ。

しかしどうやら［諜報］スキル55では、情報を取得してから伝達するのに時間がかなりかかるようだった。

致命的ではないが、もう少し早く知れていればというのが本音ではある。

以前手に入れたドロイ商会こそ［諜報］にうってつけだと思うのだが、ルナン領地がナルヤ王国に占領されてしまったことで今すぐに稼働させることができなくなってしまった。

それにしても今回の同盟は少し意外だった。

いや、確かゲーム上でもケベル王国と神聖ラミエ王国は同盟を結んでナルヤと戦っていた。しかしこのタイミングではない。俺が歴史を変えてしまったことが原因だろう。

ともかく彼らのどちらかが攻めてくることは想定内だった。だからこの二つの領地に兵を集めたのだ。

「ルアランズの土地をケベル王国が放棄するかわりに、援軍を要請する同盟を結んだと……どう思う？」

不平等にしか見えない同盟の内容に、俺はつい隣にいるジントへと意見を尋ねた。

するとジントは怪訝な顔で首を横に振る。そんなことをどうして自分に訊くのかという表情だった。

そうだな。これは俺が悪かった。

その前にいるのはベンテだった。こちらも同じだ。

意見を交わすのを諦めた。

残念ながら俺の右腕と左腕は戦うことしか頭にないらしい。

とにかく、ケベル王国がたかが援軍を得るためにルアランズの土地を諦めるはずがない。

プレネット公爵はそこまでして俺を滅亡させたいのか？

いや、ラミエ王国と俺たちが共倒れすることを願っているのかもしれない。

「ご苦労だった。あとは直接行って訊こう！」

「ありがとうございます！　陛下！」

感謝するのはむしろ俺だ。

その兵士を後からついて来させて、フィハトリが駐屯する国境の関門まで急いで進軍させた。

フィハトリには耐久度が６１しかないこの関門を急いで補修するよう命じていたのだが、今は必要がなくなってしまった。

「陛下！　いらっしゃいましたか！」

フィハトリは俺に向かって走ってきた。

「ラミエ王国が迫っているとの情報が入りました！」

「さっき伝令から知らせを受けた。今夜会議を開くからエルヒートを喚んでおけ。それからうろたえず、兵士たちをよく鼓舞するように！」

「わかりました、陛下！」

＊

まもなく夜になり、作戦会議が始まった。

すぐに集められたのはエルヒートとフィハトリだけだった。

このふたりは先に国境に駐屯させておいたので、近くにいて召集が早かった。俺はたまたま国境に視察に来たのだから。

他の武将たちを全員招集するには時間が足りなかった。彼らの場合、必要な人員は急いで喚び、させることがあれば急報を送って命令するしかない。

「フィハトリ。敵の予想到着時間は？」

俺は大まかな状況は聞いていたが、今合流したエルヒートと彼の家臣たちは状況が全くわからないので情報共有させた。

「現在、ルアランズのエルテンドから出発したという情報が最新なので、一般歩兵の進軍速度で考えると、あと二日はどかかると思います」

歩兵で二日なら、騎馬兵は一日もかからない距離だ。

もちろん、騎馬兵だけを先行させるとは思えないが、最高速度を想定しておくことは重要だ。

あらかじめ侵略を知っていたことが幸いだった。

敵の侵略というのは国境に迫ってからでないと把握できないことも多い。

55の［諜報］スキルだが、それでもスパイが役立っているということなので、投資しただけの結果は得られたわけだ。

その他にも重要な事項をフィハトリが説明すると、エルヒートが暗い表情で答えた。

「神聖ラミエ王国は……非常に妙な国ではありませんか。不思議なマナを使うと聞いたのですが」

「そうだ。だからもっと細かい作戦が必要だ」

神聖ラミエ王国。彼らは神聖力と呼ばれるマナを使う。ゲームの時も出てきた国なので、よく知っていた。

ゲーム的に言えば、回復術師を連れている軍隊だ。非常に頭の痛いやつらだ。

もちろん、それにもすべて制限はある。無限に回復させることができれば、すでにラミエ王国が大陸を統一していたはずだ。

「敵はおそらくベランドを狙ってくるだろう」

俺は地図を指した。フィハトリとエルヒートの目が追う。

国境の二つの領地と旧ルアランズ領は接しているが、その間には川が流れていた。侵略してくるためには、水深が浅くなるベランド領地を通らなければならなかった。

キンバーグ領地は海に面している。キンバーグの中央までは海から続く川筋の水深が非常に深い。キンバーグ領地とベランド領地が接する部分では、その水深が浅くなる。

そのため、キンバーグのほうに侵略できないこともなかった。

しかし、やはり侵攻し易いのはベランド領地だ。こちらは水深が非常に浅い。キンバーグ領地の川筋よりはるかに浅く、大軍が一度に渡河するには、ベランド領地のほうがはるかに容易だった。そのため、別動隊ではなく10万の大軍なら、ベランドから来る可能性が非常に高いのではないだろうか？

とはいえ先ほどの諜報では敵の兵力などの情報は得られていないので、正確な予測がろう。

立てられない。おそらくこの辺は直接対面した時にシステムで把握するしかなくなるだ

「フィハトリ」

「はい？」

「攻め込んでくるやつらを真っ向から迎え撃つ必要があるだろうか？」

「それでは、どうなさるおつもりですか？」

「向こうが攻め込む前にこちらが先手を打てばいい」

俺が連れてきた兵の中にはエイントリアンで育てた精鋭も混ざっていた。

さらにまだ他国には知られていないエルヒートの槍騎兵もいる。

「ただし、まだ補給態勢が整っていないのが問題だ。特に前に進むとしたらだ」

これも先ほど思い出したことだが、ゲームの時にはケベル王国と神聖ラミエ王国の同盟が成立した際に発生するイベントがあった。これは今のところ俺しか知らない。

上手くそのイベントを利用できれば、あるいは一気に局面を変えられるかもしれない。

突然起きた戦争だが、こんな時のために艦隊も育てたのだ。あたふたするのではなく、せっかくの機会だからとあれこれ試してみるのもいいだろう。

俺はそうして思いついた案を部下たちに聞かせ、策を練っていった。

＊

夜の闇に紛れて俺はひとり敵地に向かった。

目的は敵軍に近づきシステムで敵兵力を確認すること。

ちょうど道中にそれなりの高さの山があったので登ってみると、遠くの方に小さく敵軍を見つけることができた。

［神聖ラミエ王国軍］
［兵力：１０万５千人］
［兵科：歩兵６万５千人　騎兵２万人　弓兵２万人］
［士気：９３］
［訓練度：８５］

悪くない軍だ。

［士気］が高いのはラミエ神への信仰心が反映されているからだろう。

特にあの歩兵のうち５千人は補給に特化した兵力ではないかと思った。

それなりに準備された規模で戦争を仕掛けてきたという話だ。しかも、かなり正攻法できている。

予想通り彼らは川を越えてベランドへと迫るつもりだろう。

明日には彼らとぶつかることになる。

俺はひとり、よく訓練された敵軍を見て溜(た)め息(いき)をついた。

*

翌日、神聖ラミエ王国の大軍は国境を越えて陣を設営した。ひとまずここに拠点を置いて補給の安定化を図(はか)り、ベランドとキンバーグの両領地から占領するつもりだった。

「後方の危険を最小限に抑える必要があります、大司祭様！　ベランドとキンバーグは必ず占領してから侵攻せねばなりません。特に水深の浅いベランドからしか補給できない状況で、ここの拠点は非常に重要です」

「それもそうだな。君たちの言うことに従おう。我々の行動にはラミエ神のご加護がある！　必ずや最良の結果をもたらしてくれるだろう」

大司祭は参謀(さんぼう)たちの意見を聞きながらうなずいた。

軍の最高責任者とはいえ戦争については素人である。そのことを彼はよく理解していたので、戦略については参謀たちに全面的に委任していた。自分はただ兵士たちにラミエ神の加護を与え、その奇跡で兵士たちの士気を高めるのが役割だと考えていたからだ。

何より、すべては最終的にラミエ神に屈服するだろうという考えがあった。

どんなことが起きても自分たちの勝利は揺るがない。

大司祭はラミエ神へ祈りを捧げながら訊いた。

「それでは、拠点を作った後は？」

大司祭の言葉に、参謀たちが口を揃えて説明する。

「錐行の陣を編成して、ベランドから占領するようにします。ベランド城までは錐行の陣で突撃し、その後に攻城戦に切り替えれば良さそうです」

「そうか。ではそのようにしろ。ああそうだ。特使殿はどう思いますか？」

大司祭はそう言いながら、一応ガリントの意見を訊いた。

錐行の陣。

それは約1万の部隊ごとにそれぞれ陣を形成して突撃する方法だった。

三角形に編成される部隊で、前には騎兵が配置され、後列に歩兵が配置される。

ベランドとキンバーグまでそれぞれ進軍する間、奇襲や他の動きがあった場合、直ちにそちらに三角形の頂点の部分が向きを変えて対応する。

速度と安定性に優れた陣形だ。

「手堅(てがた)い策だと思います。まず問題はないでしょう」

ガリントはそのように言いながらも、エイントリアンはどう出るのか興味が湧いた。

「敵の兵力は、全部合わせて12万程度。そのうち今すぐ国境に動員できるのはおおよそ6万程度でしょう。どこでその兵力を結集して決戦を繰り広げようとするのか、気になりますね」

「たとえ12万の軍が来たとしても心配はないでしょう」

ガリントの言葉に大司祭は首を振った。

すべてはラミエ神の思し召(おぼしめ)しのままに。

ある意味楽観的とも取れる態度だったが、司祭たちの神聖力による回復にそれだけ自信があるということでもあった。

ガリントは大司祭の言葉にうなずきながらも、内心違うことを考えていた。

彼はエイントリアンの持つ艦隊についての情報をラミエ側へは伝えていなかった。

あくまでも両国は共倒れになるまで戦わなければならない。

主導権を握るのはケベルであり、ラミエでもエイントリアンでもない。

情報を制する者こそが戦争を制する。

ガリントは大司祭からは見えないように拳を握った。

＊

「狙うのは敵の兵糧だ。今回は可能な限り我が軍の出費を抑えながら戦う方向でいく」

「それは興味深いですね」

フィハトリとエルヒートが同時に興味を示した。

「そのためには、ベンテ！」

「はい、陛下！」

「2万の兵力を率いて直ちに港に行け。ユセンには昨日のうちに伝令を送ってある。ユセンと艦隊が到着次第合流して一緒にルアランズ側へと移動するんだ。艦隊司令官はユセン、副司令官はホフマンだ。やつらはルアランズの土地を支配しているとはいえ、現在はこちらにその兵力を送っているため手薄になっているはず。そこでベンテは海路を使って敵軍の背後に回り、まずは補給路を断て。それが完了次第ベランドへと戻ってこい。補給を断たれた敵を挟み撃ちにするぞ」

つまり、敵の拠点を後方から攻撃しろという意味だった。

「万が一艦隊の存在を知られて港に軍を置かれたとしても強行しろ。その次の作戦があるからな」

「わかりました！　陛下！」

「それから俺たちは、今から敵の錐行の陣の前列を誘引して壊滅させた後、敵の軍服を鹵獲する！」

ベンテを送り届けた後、艦隊は再び王都へ戻ってブリンヒルの守備軍2万を乗せるつもりだった。

その2万の軍を今度は神聖ラミエ王国の東側、ロトナイ王国との国境へ向けて出発させる。今の時期なら、風を受けて進めばすぐにロトナイ王国に着くはずだ。そこに密かに下船させるつもりだった。

この2万の軍にはラミエ王国軍の軍服を着せて偽装する。ロトナイ王国へラミエが攻め込んだように見せかけてからすぐに船で引き返せば、自軍を損耗させることなく敵軍を混乱させることができるだろう。

ベンテによる背面への攻撃か、ユセンによる偽装工作か、どちらか一つだけでも成功すればラミエ王国軍には相当な打撃を与えられるだろう。

そうなればむしろ目標はケベル王国に切り替わる。

ナルヤ王国はすでにヘラルド王国を滅ぼした。

そのためナルヤ王国軍はまもなくケベル王国へ進撃を開始するだろう。

他のことはわからなくても、それだけは確定している。

問題はケベル王国がどう出るか、だ。

俺は神聖ラミエ王国がケベル王国の差し金で攻め込んできたことを知っている。だがあくまでこれはスパイからの情報によるもので、表向きケベル王国と俺たちは明確に戦争状態にあるわけではない。

もちろん南ルナンでの禍根はある。だがナルヤ王国が攻め込んできて神聖ラミエ王国も当てにならないとなると、やつらはエイントリアンへ救援を要請するのではないか。

もしこの思惑が実現すればルナンの地を再び得ることもできるだろう。

すべてが思い通りにはいかないだろうが、とにかくこれが理想形だった。

そして思い通りに進まないときは、その都度修正すればいい。

＊

今現在の大陸の状況を見てみよう。

まず大陸の北部にあるナルヤ王国。

本国が３５の領地を持ち、ルナン領の１５の領地を服属させた後、一旦退却してヘラルド王国の２５の領地を追加で服属させ、合計７５の領地を持つ名実ともに大陸最大の国となった。

ケベル王国。大陸中央に位置する国で、合計34の領地を持つ。

神聖ラミエ王国。ケベル王国の南にある国で、領地は合計26。

ロゼルン王国。ケベル王国の西側、そして新エイントリアン王国の北部に位置する小国で、合計7つの領地を持つ。

新エイントリアン王国。領地は現在13。

ここまでが大陸北部の国の現状だ。

さらに今までほぼ関りはなかったが、大陸南部には二つの国が存在する。

まずロトナイ王国。神聖ラミエ王国の東にある国で、合計30の領地を持つ。

そしてロトナイ王国の北部、つまりナルヤ王国の東側にはジェナス王国という大国がある。もともとこのゲームの主人公はジェナス王国の出身だ。58の領地を持つ大国で、ナルヤがルナンとヘラルドを占領する前までは、大陸で最も大きな国だった。

ボーナスで得た金塊が減っていく今、旧ルナンの肥沃な領土を獲得することは非常に重要だ。

元々の予定にはなかったが、今回の件を逆に利用して大陸全土に向かって挑戦状を叩きつけてやろうと思った。

情勢は不確実だ。ゲームでの歴史とはすでに大きく変わっている。純粋に自分の力で領土を拡張しなければならない状況だ。

今すぐ役立つことがあるとすれば、ゲームの歴史で活躍した人物の設定はそのままだということだ。

ベランドの城壁の上で主要人物をスキャンしてみた結果、注目に値する人物をひとり発見した。

その人物とは、白い光を放ちながら倒れた兵士たちを治癒している大司祭ではない。大司祭の傍らに立っているガリントという男だ。やつはケベル王国の人間だ。注目する理由は、登用ではない。利用する目的だった。そのために今すぐの作戦は、防御してからの後退だ。

進軍してきたラミエ王国軍は、典型的な攻城戦の戦法を使って突撃してきた。

俺も定石で対応する。

「矢を放て！」

城壁に配置した弓兵が矢の雨を降らす。敵は速度重視の陣形のために盾持ちが前におらず、矢をほぼ防ぐことができない。だが最初の突撃部隊はある意味捨て駒だ。敵軍第3列が突撃する頃になると、こちらの矢が底をついてしまった。

1次成果を収めた後は籠城戦を開始する。

「とりあえず最大限持ちこたえるふりをして戦う！　全力を尽くしているように戦え！」

現在の兵力のうち1万が正規歩兵で、残りの2万は騎兵だ。防衛戦に向かない編成ではあるが、艦隊に騎兵を乗せることができず歩兵を送らなければならなかったので仕方がない。

もちろん徐々に防衛線は押されていく。

俺たちは包囲(ほうい)される前に、適当なタイミングを見計らってベランドの城から撤退を開始した。

*

ラミエ王国軍は勝利に酔(よ)いしれていた。大司祭はラミエ神の加護だと祈りを捧げ、兵士たちは跪いた。

「ところで、エイントリアン軍は思っていたよりも数が少ないのではないか？　援軍と合流するまで後退するということか」

「おそらくそのようです。敵援軍到着前にできるだけ敵の兵力を削(そ)いでおく必要があります！」

参謀たちはその部分が引っかかっていた。勝利はしたが、敵の兵力を減らすことができなかったからだ。

「まあいいだろう。なんにせよ我々の勝利は揺るがん！　さあ、次の目標へと進軍を開始せよ！」

大司祭の言葉に、兵士たちは大きく喚声を上げた。

次の要塞でもエイントリアン軍は屈せず戦ったが、そうなればなるほど数の不足に苦しんだ。結局、エイントリアン軍は碌に抵抗もせず退却した。

どう見ても彼らはラミエ王国軍に恐れを成して退却しているようにしか見えなかった。

そうなればなるほど、ガリントは疑問を持った。どう見ても現在戦っている兵力が4万を超えていないからだ。援軍が迫っているという情報もない。やはり隠している兵力があるということだった。

となるとルアランズから奪ったあの艦隊か。

それならここから先、熾烈な戦闘になるかもしれないか？

いや、そうなってくれなければ困る。今のような一方的なラミエ王国の圧勝はケベル王国にとっては不利益でしかない。

しかし、いくらラミエ王国が油断している間に艦隊を運用して後ろを叩くとしても、今勢いに乗っている8万の兵力にどう対するというのか？

いくら艦隊を運用して裏をかいたとしてもそこまで勝機が見える策には思えない。

結局、ガリントはエルヒンの戦略を理解することができなかった。

*

あれから四つの領地をさらに明け渡して後退した。そのおかげでラミエ王国軍はいつの間にかエイントリアンにかなり深入りしていた。

「だんだん敵の勢いが高まっているようです」

「そうだろうな。勝利に酔って自分たちばかりが消耗していることに気づいていないんだ」

「その通りです！」

フィハトリは同意してうなずいた。

一日持ちこたえて後退し、また踏ん張って後退しながらかなり時間を稼いだため、その時は近づいていた。反撃を始める時が。

その反撃の始まりを告げる爆弾も用意している。俺は山の民の首長であるベルタルマンを呼び寄せた。

「どうだ、誘引は順調か？」

「ああ！　我が山の民の迷宮は完璧だ！」

ベルタルマンは自信を持ってうなずいた。

「あの女は強いが、山の中では俺たちに勝てない！　森の全てが俺たちの味方だ」

あの女とは、何を隠そうメデリアン・バルデスカのことだ。

俺は彼女を利用して敵にぶつけるつもりだった。

敵は攻城戦を終えた後、俺たちを追撃する時は必ず錐行の陣を使用する。錐行の陣で突撃すれば勢いが衰えず、強い攻撃力と速い機動力で追撃戦を繰り広げることができるのは事実だ。

三角形で形成された錐行の陣に歩兵でも突っ込めばそのままやられてしまい、騎兵として対抗すれば力と力の戦いが発生する。

すなわち、俺たちにも相当な被害が発生することになるのだ。

敵の［士気］は上がり続けており、［訓練度］も高い。だからまともにぶつかるべきではなかった。

今回の戦争で兵力の損失は最大限減らしたかった。これに続く次の戦争が本当の目的だからだ。

だが新たに兵を育てる時間は足りない。

一応流れは俺の思い通りに来ている。

ラミエ王国軍の拠点にある補給兵站の２万の兵力と今の本隊はかなり減ることになった。俺たちが負け続けて後退したおかげで、勢いを上げて追撃してきた結果だ。

ここまで城をすべて占拠してきたため、ラミエ王国軍は後方から挟撃される危険を無くしたと考えている。

しかしそれはあくまでエイントリアンの領土内でのことだ。ルアランズにいる後方部隊を叩かれるとは夢にも思っていない。

艦隊に回した2万の軍はベンテとジントに任せている。ベンテの指揮力、そしてジントの武力が合わされば、まず間違いなくこの作戦は成功する。

この方法でルアランズを通じて入ってくる敵の補給路を分断した後、ベランドにある拠点を攻撃すると、敵の本隊は孤立する。

防衛戦の場合、敵を防ぐには効率的だが、逆に敵を一気に壊滅させる方法はほとんどない。そのため敵を倒すには別の方法を練らなければいけなかった。

その方法の一つが、山奥にある爆弾を利用することだ。

メデリアンが現れたのは今から約2週間前。

突然山の民から、山中の迷宮に彼女が現れたと聞いた時は肝を潰したものだったが、まさかそれが幸運の予兆だったとは思わなかった。

「そろそろ始めるぞ、計画通りにやれよベルタルマン！」

「かしこまった！」

メデリアンは俺にやられたことを相当根に持っているらしい。

まああれだけプライドの高い彼女だから、リベンジをするためにエイントリアンへ単身乗り込んできてもおかしくはないと思っていたが。

おまけに2週間も山奥をさまよっているから、怒りのボルテージは上がりきっているだろう。もちろん飢えて衰弱しないよう、山の民には彼女を食料や水のある場所に誘導させたりもしている。

だから迷宮の中に放置した状態だった。最悪、飽きたらテレポートの宝具で帰還もできるだろうし。

彼女の場合、ナルヤの王都からブリンヒルまで直線路を選択したのが問題だ。山脈さえ越えられればどんな道よりも速い。だが、それはブリンヒル北側の山脈に山の民がいなければ、の話だ。

俺自身この山脈を越えてブリンヒルを攻撃したことがあるので、備えを確実にしておいた。山の民の迷宮は俺でも抜け出せるかどうか怪しい。それほどまでに複雑な代物であり、山の民の誘引術によってさらに抜け出せないようになっている。

だがこれからベルタルマンには彼女を山から解放させる。

そして彼女が山から抜け出たとき、真っ先に目にするのはラミエ王国軍だ。

メデリアンを敵軍の中心部に投入しさえすれば、後は勝手に敵軍を壊滅させてくれるだろう。敵がたまらず後退をはじめればようやくこちらのターンが回ってくるというわけだ。

「そろそろバルデスカに送った密書が届く頃だな？」

「はい。到着したはずです」

フィハトリは日数を数えてうなずいた。

メデリアンはまず間違いなく命令違反を犯してこの場にいる。敵を壊滅させるのはいいが、味方まで彼女に巻き込まれてしまってはこの作戦の意味がない。

そこで俺は彼女を引き取ってもらうようバルデスカに密書を送っていた。

ラミエ王国軍が撤退を始めた辺りで俺は彼女の前にあえて姿を現し、再度森の中へ彼女を誘導する。そして逃げる振りをしながら山の民の迷宮に誘い込んで、今度は彼女を山脈の北側、ルナン方面へ下山させるのだ。

そうすればバルデスカの送ってきた兵士たちが彼女を引き取ってくれる。

ナルヤも彼女の力が必要だろうし、何より十武将序列第1位が勝手にうろうろしていていいわけがない。

一応保険として、前回の戦いで獲得した経験値4000ポイントのうち一部を［武力］に割り振る。それで俺の［武力］は70となる。そのため、大通連を使用すると［武力］は100。

彼女がすべての宝剣を使ったときの［武力］は105だったから、［真破砕］で相手にできる数値だ。

　これで全ての準備は整った。

「みなの者、今までよく耐えてくれた。この作戦で我々も反撃に転じる！　今までの鬱憤を全てやつらにぶつけてやれ！」

「はい、陛下！」

　フィハトリとエルヒートを筆頭に、エイントリアン軍は雄叫びを上げた。

＊

　メデリアンは2週間ぶりに山から抜け出した。

　度々現れては消える謎の人影を追い続けていたら、ようやく迷路から抜け出せたのだった。

「あああああっ！　腹立つ！　腹立つぅぅ！」

　木と木の間を、森と森の間をあんなに速く移動できるなんて。山の民の技を初めて目の当たりにしたメデリアンは、ただ舌を巻いた。それも怒りながら。

　倒せそうになると逃げて。

　逃げたと思ったら現れて。

現れたと思ったらまた逃げて。

迷路をさまよいながらも宝具を使って帰らなかったのは、手柄がないまま帰れないというプライドも大きく作用したが、小癪(こしゃく)な山の民に腹が立って仕方がなかったというのが大きい。

「#)@$!」

特に、こんな何を言っているのかわからない言葉をほざきながら逃げるため、神経をかなり逆撫(さかな)でされる。

ただ、ついに山から抜け出したという事実は彼女を落ち着かせた。

やつらを倒せなかったことは不満だが、こっちへ行っても森、あっちへ行っても森の、薄気味悪い場所から解放されたことは単純にうれしい。

しかし、それも束の間だった。間もなく別の問題に直面した。

ここはどこなのか？

山でも迷子だったが、抜け出しても迷子だった。全く方向の見当がつかなかったからだ。

さらに、周囲には何もなかった。

いくら見回しても目の前には丘陵(きゅうりょう)地帯が広がっているだけ。果たしてエイントリアン側へ降りれたのかの判別もつかない。

そんなメデリアンの目に入ってきたものがあった。遠くから立ち上る煙だった。

もしかしたら村があるのかも。そうであればここがどこかわかる。

メデリアンは急いでその煙の方へと向かった。もしあれが村ならと思うと、お腹もすごく空いてきた。これまで食べたものを考えれば当然のことだった。

自分の生存能力に改めて感嘆したというか。見たことのない果物のようなものにかぶりついて、不味くて吐き。トゲがあると、口の中を怪我して。それでも、怯まず嚙んで飲み込んだ。

獣が自分を見つけて襲い掛かってくるのが、とても嬉しかった。肉が自ら歩いてきてくれるなんて、こんなにも嬉しいことが他にあるだろうか。

それでも味のない食事にはもううんざりだった。何か美味しいものが食べたい。

メデリアンは取りつかれたように、一心不乱に走っていく。

しかしようやく辿り着いたそれが、それは村でご飯を炊く時に発生する煙ではなく、一種の烽火だとわかった時、絶望と怒りが沸き上がった。

そして、その前でまた別の煙を発見した。

メデリアンはむしろ笑い出した。

「ああそう、そういうことね！　どこまで私を虚仮にすれば気が済むのかしら！　いいわよやってやるわ！　とことん、完膚なきまでに叩き潰してあげる！」

ラミエ王国軍の参謀たちは、今度こそは必ずエイントリアン軍に損害を与えるという気持ちで兵を進軍させた。

＊

ただし、それでも陣形は崩さない。基本は重要だ。

傍で見守るガリントはその部分については認めていた。有名な参謀がいるわけではないが、互いに頭を突き合わせて協力し、堅実に成果を上げる。

特に参謀たちの地位が同列だったため優位がなく、特定のひとりが自分の戦略に固執できない構造であることがうまく作用していた。

もし焦って進法そのものを崩し、もし騎兵だけを突出させれば、かえって敵に機会を与える格好になっただろう。

基本に忠実な軍隊は、いつでも恐ろしいものだ。

ガリントはラミエ王国軍をそのように評価しながら、逃げるだけのエイントリアン軍を依然として怪しんでいた。

明らかに何かを企んでいる。しかしそれが分からない。

何より滅多な策ではラミエ王国軍を瓦解させることなどできないだろう。

　ガリントには、いくら考えてもラミエ王国軍の勝利しか見えなかった。

＊

　烽火を追いかけてようやく平地に出たメデリアンは、面食らった顔で前方を凝視した。

「何でこんなに人がいるの？」

　メデリアンが見たのは数万の大軍だった。

　自分を誘（おび）き出したのだから誰かが現れるとは思ったが、こんなに大勢が現れるとは全く予想していなかった。

　メデリアンは本能的に軍服の色と紋章（もんしょう）を確認する。もし兄が送ってきた兵士たちなら困るからだ。さすがのメデリアンといえど、味方を殺すことはできない。もしそうなら逃げなければならなかった。

　しかし幸いナルヤの軍服ではなかった。初めて見る軍服と紋章だ。

　メデリアンは安堵（あんど）のため息をついた。彼女が世界で唯一恐れるものがあるとしたら、それは兄のフラン・バルデスカだった。

　幼い頃にこっぴどく叱られたことを思い出す。あの時の兄は本当に怖かった。

　だがナルヤ軍でなければ何の問題もない。打ちのめした後にブリンヒルへの道を探せばいいと思い、突撃してくる兵士たちの前に立ちはだかった。

さらに近づいてくると、敵の旗(はた)を確認することができた。

王国旗を見た瞬間、メデリアンは首を傾(かし)げた。

見たことのある紋章だ。神聖ラミエ王国のものだった。かなり東にある国だ。

ここがどこかわからないとはいえ、さすがにラミエ王国領に入っているわけがない。

「じゃあなんでこんな大軍がいるのよ」

そんなことを考えていた刹那(せつな)、先頭の騎兵隊がメデリアンの横を通り過ぎて駆けて行った。さらにその後ろから、ダダダダダッ！と馬蹄(ばてい)の音を響かせて大勢が彼女の横を通り過ぎる。

無視されたことに、メデリアンは怒って叫んだ。

「ちょっと待ちなさい、よくも私を無視して行ったわね？　止まれ！　止まれ！　止まれって言ってんでしょぉぉぉっ！」

そんな彼女に向かって走ってきた騎兵の数人が剣を振り回した。スピードを落とさず、彼女を殺して前進するかのように馬上で剣を閃(ひらめ)かした。

だが。

彼女を攻撃した騎兵はあっけなくメデリアンに斬られて地面に転がり落ちた。

そこでようやく騎兵隊も彼女を敵と認識した。

「まさか単身で我らとやり合おうとは！　舐めた真似をしおって！」

「舐めてるのはそっちでしょ！」

メデリアンは鼻で笑いながら自分に接近する騎兵をことごとく切り殺していく。

しかしスキル無しでさすがにこの数を相手しきれなかった。

数え切れないくらい大勢の兵士たちが彼女を包囲し始めたので、メデリアンは身につけていた剣をさらに開放させる。

「スウェッグ、ローリンズ！」

二本の剣が空の上に浮かび上がる。

これこそが彼女の真骨頂だ。

宙を舞う剣は敵を呆気なく蹴散らしていく。

積み上がっていくのは死体の山だけではない。

彼らが手放した数々の武器たち。それはメデリアンによってラミエ王国軍へと牙を剝いた。

「全員死ねぇぇぇっ！」

彼女のスキルは一定範囲内にある武器を自在に操る能力。

兵士たちが落とした武器がそのまま宙に浮かんで、文字通り刃の雨となって降り注ぐ。

さらにその攻撃で死んだ敵の武器も彼女の攻撃の一つになり、つまり殺せば殺すほどに攻撃範囲は拡大していく。

「ふう……ふう……」

メデリアンはじっと立ったままマナを全開放し、ラミエ王国軍第1列の陣形を完璧に崩した。

しかし、それでも終わらなかった。兵が多すぎたので、果てしなく彼女を包囲して攻撃してきた。

「ああもう、お腹空いたぁ……!」

空腹で力が出ず、マナも使い過ぎている。疲れて戦う気力を失ったメデリアンは、包囲を破るためにもう一度宝剣を開放させた。

「スウェッグ、ローリンズ」

その状態でメデリアンは身につけていた最後の剣まで開放させた。

「バルデスカ!」

彼女の宝剣が全部合わさり、空の上で強力な閃光(せんこう)を放ちながら敵を直撃した。

ドォォォン!

マナが発生させる爆発音とともに、メデリアンは背を向けた。そして、主人を失った馬に跨(また)がった。

これだけやられたのに、それでもなお兵士は絶えず向かってきた。

この後退は負けたわけじゃない。お腹も空いてるし、ただ敵が多すぎるだけ。多すぎるから。多すぎるんだから、仕方ないでしょう？

　内心で言い訳をしてメデリアンは敵軍に背を向けた。

　それが彼女のプライドだった。

＊

「エルヒート、今だ！　槍騎兵と共に敵の先陣を分断しろ！」

「承知した！　者ども、いよいよ訓練の成果を見せる時が来たぞ！　全員俺に続け！」

　メデリアンが敵軍と激突したのを見届けたエルヒンは、自軍の一部を急旋回させた。

　旋回したのはエイントリアンの新設兵科である槍騎兵だ。

　エルヒートとその家臣たち全員が槍の達人であり、そんなエルヒートが直接要請して作った部隊だ。

　1万の槍騎兵はラミエ王国軍の中央へと飛び込んでいく。

　槍の利点はそのリーチの長さにある。当たり前だがより遠くから安全に攻撃できる方が戦いでは有利だ。

　だが馬上で槍を自分の手足のように操るのは至難の業である。

槍術の才能がありそうな兵をエルヒート自らが選び、苦労しながら訓練した精鋭部隊だ。彼らはその機動力とリーチを武器に、瞬く間にラミエ王国軍を分断してしまった。

「うおおおおおっ！」

ラミエ王国軍の勢いも侮れない状況だったが、槍騎兵の勢いはそれを圧倒していた。

＊

「1万の兵を旋回させただと？　わざわざ各個撃破されにきたとでもいうのか？」

ラミエ王国軍の首脳部。つまり、大司祭と参謀たちは揃って疑問の声を上げた。

「大変です！」

ちょうどその時、一列目で発生した戦闘に対する急報が到着した。

「大司祭様！　大変なことになりました。一列目の錐行の陣が崩されました。前にいた騎兵隊に深刻な被害が発生した後、さらにそこを敵騎兵に陣形を崩されたとのことで……」

「何を馬鹿げたことを言っている？　たかだか1万の騎兵だぞ！」

報告を受けた大司祭が参謀たちを見つめた。すると、参謀たちが同時に口を揃えて言った。

「敵が攻撃をしてきたなら、我々に利があります。すぐに敵を包囲して各個撃破すればよいのです！」

あまりにも当たり前のことだ。

さらにそこへ、再び伝令が飛び込んでくる。

「急報です！　陣を分断して突撃してきた敵の騎兵隊を倒すことができません。むしろ押されています！」

＊

メデリアンの威力はやはりすごかった。

彼女ひとりに錐行の陣も何もかも崩れ去ってしまったのだ。

ナルヤの十武将序列第1位の称号は、やはり伊達ではない。

今までの撤退戦の成果も相まって、敵の数は10万から7万にまで減少していた。

同時に、エイントリアンの武力序列第1位のエルヒートも側面から槍騎兵を率いて敵陣を分断した。

ラミエ王国軍に突撃したエルヒートの槍騎兵は、兵科効率で圧倒的な効果を出していた。

［新エイントリアン王国軍槍騎兵隊1万］
［神聖ラミエ王国軍歩兵隊2万］
［戦闘地形：平地］
［兵科優位：槍騎兵　攻撃力70％上昇］
［武将能力：エルヒート　指揮97　攻撃力50％上昇］

メデリアンの活躍により槍騎兵隊は難なく敵の陣形後方にいる歩兵隊へ到達する。

槍騎兵は相手が歩兵の場合、攻撃効率が70％も増加する。そのため2倍もの歩兵隊を圧倒し始めた。

またこういう奇襲突撃の場合は、敵陣を分断した後に反対側に抜けるのが普通だ。

だが、エルヒートの槍騎兵隊は違った。

エルヒートの指揮に従って槍騎兵は恐ろしい勢いで突き入り、再び旋回して敵の戦列の前で止まった。まるで流れる川の水を防ぐダムのように持ちこたえて立ち塞（ふさ）がったのだ。

その中央には、エルヒートの姿があった。

また、エルヒートの強力な［指揮］効果に攻撃効率が再び50％上昇した状態で戦っている。エルヒートがマナスキルを遠慮なく使って敵を薙ぎ倒していた。

そのため敵軍は前方に約2万、後方に約5万と完璧に分断される。

敵の勢いが落ちるのに、時間はかからなかった。

＊

エルヒートと槍騎兵が持ちこたえている関係で、メデリアンが壊滅させたラミエ王国軍の前衛に向けて全軍を突撃させた。

全軍といっても先頭の鉄騎兵と後ろの歩兵隊を合わせて2万だが。

しかも重要なのは、メデリアンにやられて戦列が崩された衝撃と後方との分断によって敵が［混乱］状態に陥ったということだ。敵の指揮官たちは前に進むべきかここで戦うべきか、それとも退却すべきかについての判断を下せず、右往左往し始めたのだ。

［神聖ラミエ王国軍前列2万］
［戦闘効果：混乱　攻撃力50％低下］
［士気：50］

ラミエ王国軍の前列部隊の［士気］は50に下落した。つまり、勢いが完全に衰えてしまったという意味だった。

味方はこれまで偽りの撤退に実力を発揮できずもどかしがっていたが、この突撃でむしろ勢いが増した。

「突撃せよ！」

「うわぁぁぁぁぁぁぁぁぁぁっ！」

フィハトリと俺が率いる2万の部隊の突撃により敵軍はさらに慌てふためく。

ラミエ王国軍は今や全体の指揮系統が統一されていないため、

「こ、後退しますか？　損害が深刻です！」

「何の命令も受けておらん！　現状維持せよ！」

という部隊もあれば、

「一旦退却しろ！」

と無闇に退却させる千人隊長もいた。

戦場にはさらに混沌と化していく。

「ようやく見つけたわ！」

「来たか、メデリアン！」

そんな中、爆弾が再び現れた。

腕組みをして満面の笑みを浮かべているメデリアンがそこにいた。だが明らかに激怒している。

馬で一時撤退したところまでは確認していたが、こちらがエイントリアン軍だとわかり再び駆けつけてきたようだった。

これも最良の結果だ。

彼女が俺を見つけられずにひとりでどこかに行ってしまったら、それこそ非常事態だ。軍を荒らされても領地を荒らされても彼女ほどの戦力相手には成す術がない。

俺自らが囮（おとり）となってちゃんと送り返さなければ。

「フィハトリ、進軍を続けろ！　敵が壊滅し始めたら歩兵隊から順に退却させて陣形を整えるんだ。後のことは任せたぞ！」

俺はフィハトリに命令を出した後、ラミエ王国軍に向かって馬を走らせた。

「エルヒン・エイントリアン！　あんたに言いたいことがあっ……、ちょっと待って！　どこに行くの？　待ちなさい！　待ちなさいってぇぇぇぇっ！」

やはりメデリアンは鬼の形相（ぎょうそう）で俺を追ってくる。

「なんで止まらないのよぉぉぉ！」

「追いかけてくるのに止まるやつがあるか！」

「はあああぁ？」

空の上に浮かんだ数多の武器が俺に向かって降り注ぐ。[30秒間無敵]を使って走り続けた。

「へ、陛下?」

「道を開けろ! それから後ろから来る女を止めるな! 命令だ!」

敵を分断していたエルヒートの横を走り抜けると、エルヒートは素っ頓狂な声を上げた。

戦場において一国王がこんな無茶苦茶な行動をやっているのは明らかに異常だ。

だが俺は俺で命懸けだ。

「どきなさい! 雑魚に用はないの!」

メデリアンも一心不乱に俺だけを追ってくる。[30秒無敵]のおかげで俺自身は無傷なまま、降ってくる武器が勝手に敵を倒して道を空けてくれるのは楽だった。

そしてとうとうラミエ王国軍の後衛のど真ん中。すなわち、5万の兵力が集まっている場所へと到達する。

「な、何者だ! 攻撃しろ、攻撃!」

ラミエ王国軍は慌てて俺とメデリアンを攻撃し始める。

「邪魔すんな! ほんと面倒臭い! ちょっと、あんたに言いたいことがあるんだって……もおぉぉぉっ! お腹が空いて死にそうだってのに!」

　彼女が暴れれば暴れるほど俺たちを囲む包囲網は分厚くなっていく。

　俺は大通連で、彼女は周囲の武器で敵を倒していくが、さすがに数が5万になるとキリがない。

　しかも倒れた兵士たちの周囲に白い閃光が強く輝いた。そして周囲にいた兵士が再び立ち上がってくる。

　これが神聖ラミエ王国の誇る、大司祭と呼ばれる存在の権能だった。

　しかし、逆にこれはチャンスでもあった。

　閃光が放たれた場所、そこがまさに大司祭という敵の指揮官がいるところだ。

　機会が訪れたなら――見逃すわけにはいかない。

　俺は敵を切り倒しながら、その閃光に向かって突撃した。

　護衛に守られた白い法衣(ほうえ)の男を見つける。

　大司祭を護衛するのはA級武将であり、強い武将ではあったが……俺の相手にはならなかった。

　大通連を使用した俺の［武力］は100――S級だ！

「だ、大司祭様！　敵将です、敵将が……！　お逃げください……！」

「大司祭様！」

「その首、もらうぞ！」

立ちはだかるA級武将を一瞬のうちに斬り倒し、俺は大司祭へと肉薄する。

そしてすれ違いざま、大通連が大司祭の首を刎ねた。

「大司祭様！　大司祭様！」

そんな声が聞こえてきた。精神的な柱を失った敵は大混乱に陥るだろう。

俺はスピードを落とさず、今度は敵軍の外へ向けて馬を走らせる。

後方からドォーン！　という巨大な爆発音が響く。

メデリアンもうまく俺の方へ向かってきてくれているようだ。

誘き寄せるのにちょうどいい距離。

このままうまく山脈の方までついてきてくれればいいのだが。

＊

エルヒンが大司祭を倒した直後のこと。

エルヒートはメデリアンを見送った後、エルヒンから指示された作戦を守るために後方で敵を阻み続けていた。

もちろん、一武人としてはメデリアンと戦ってみたかった。何せナルヤの十武将序列第1位。武人の血が滾るのは仕方がない。そのため、道を開けておいて彼女がそのまま通り過ぎるのを見るのはもどかしかった。

しかし、重要なのは戦争であり、国だ。

それをエルヒートは理解している。

すると、まもなく敵の後方、4万の軍の中心部が急激に乱れ始めたのだ。

「敵の指揮官に問題が生じたに違いない。陛下が成功なさったか！　よし、突撃だ！

崩れた敵の陣形を完膚(かんぷ)無きまでに引っ掻き回して退却する！」

「わかりました！」

エルヒートの家臣たちは意気揚々と突撃を開始する。今まで防波堤のように敵を押しとどめていた槍騎兵隊だが、本来は攻撃に特化している。

彼らが行く道は特別な抵抗もできずに開かれ始めた。敵陣営の本営を手当たり次第に揺さぶり始めたのだ。

「俺たちこそがエイントリアンの誇る精鋭だ！」

それは後に歴史に記録される、エルヒート槍騎兵隊の輝かしい始まりだった。

*

エルヒートの活躍に舌を巻く人物がいた。

この戦争で唯一客観的な姿勢を維持できるケベル王国の参謀ガリントだった。

今回の戦争、もともとは圧倒的にラミエ王国軍が優勢だった。しかし、理解できない状況でラミエ王国軍の錐行の陣が撃破され、槍騎兵という強力な部隊が現れたことで完全に優劣が逆転した。

あの槍騎兵隊は脅威だ。あまりにもわかりやすく強力である。

だが逆に意味の分からない要素もあった。ものすごい突撃をするS級武将。それがしかも、ふたりだった。

エイントリアンにはあんな化け物がふたりもいたのか。

ガリントは思わず身震いをする。

槍騎兵、そしてふたりのS級武将。

やはり侮っていい国ではない。ガリントはそれを自分の目ではっきりと確認した。

両国の共倒れ狙っていたが、この状況になってようやくそれが無茶な考えだったということに気づくなんて。それも今までは優勢だろうからと神聖ラミエ王国に情報すら与えなかった。その与えられなかった情報は、すでに致命傷と化しているかもしれない。

ケベル王国が把握しているエイントリアン軍の数は、今回の戦闘へ参加しているよりも遥かに多い。

ということは、消えた部隊は艦隊と大きな関連があるはずだった。

「いや、しかし……」

今さらそれをラミエ王国に話してももう遅い。

先にこの情報を伝えておけば戦局は違ったのだろうか？

いや。

ガリントはそうでもないと判断した。

そのため、そろそろ戦場から離脱してケベル王国に戻るつもりだった。

＊

大司祭が殺された後、ラミエ王国軍は依然として3万の兵力が残っているにもかかわらず、後退を始めた。

ふたりのS級武将。

それは想像もできないことだった。エイントリアンにS級がいるなんて！

メデリアンがエイントリアンの武将ではないなどとは知る由もなかったので、ラミエ側ではそう考えるしかなかった。

上がり切った勢いは、それがむしろ罠だったことに気づいた瞬間、どん底に落ちてしまった。

　さらにラミエ王国軍の参謀たちは退却しながらもなお焦った表情をしていた。

　なぜか補給が間に合っていなかった。ともすれば敗戦以上に大きな問題だ。

　結局、参謀たちは補給基地のあるベランドまで戦線を後退させた。ベランドだけでも確実に占拠してから本国の指示を受けようというのが参謀たちの決定だった。

　しかし、ベランドまでの後退も容易ではなかった。

　大敗の影響で、下手に城に入っては孤立する可能性が高くなってしまった。そのため道中は息をつく暇もなかった。ただ各城に配置した小規模の兵士たちを本隊に吸収し、一緒に後退するだけだった。

「て、敵襲です！　敵襲です！　防御せよ！」

　撤退の最中でも敵の槍騎兵はお構いなしに現れては隊列に割り入って突撃し、去っていく。

「ちくしょう……速度を上げるぞ！　ベランドまで昼夜を問わず行軍する！」

　それでも結局、計四回にわたる槍騎兵の襲撃があった。

「参謀、もうすぐベランド城です！」

　ベランド城の上になびくラミエ王国軍の旗を見ながら、彼らは疲れ果てた身体を引きずって何とかベランド城の門前までたどり着いた。

　だがその門が開くことはない。

彼らが休めると安堵したその瞬間、城壁の上に隠れていた弓兵たちが矢を放ち始めた。

「敵だ！」

「うわぁぁぁっ！」

城内に入ろうとしたラミエ王国軍は防御態勢を整えておらず、矢の雨に甚大な損害を受け始めた。

さらに、城門からは敵兵があふれ出てきた。

「なぜ、なぜベランド城が……ベランド城に配備した兵たちは……！」

参謀たちは理解できない状況に身震いした。

敵の主力は騎兵隊だった。歩兵はそんなにいないはずだ。そんな状況で自分たちを追い抜いて、さらに1万の兵が守る城を占拠する？

それはありえないことだった。

「参謀、こ、後方からも……あの槍騎兵隊です！」

参謀たちは驚愕した。このままでは前後から攻撃されて全滅してしまう。

「すぐに城を迂回しろ！　迂回して退却する。ルアランズだ。ルアランズまで退却だ！」

撤収を命令しながら叫んだが、そんな彼らの迂回路に現れたのはジントとベンテだった。

「攻撃！　攻撃しろ！　敵兵の退却を許すな！」

ベンテの叫びと同時に駆けつける突撃部隊！

その先鋒はジントだ。

後ろから槍騎兵、城から弓兵。そして迂回路からジントの歩兵が現れた。

先頭に立ったジントに、ラミエ王国軍は倒され始めた。

すでにラミエ王国軍から離れて遠くからその様子を眺めていたガリントは深く溜め息をついた。

共倒れを望んだが、エイントリアンの大勝か。

何より恐ろしいのが、この一連の戦いでエイントリアンの損害がほとんどないということだった。

まあ、しかし最悪の結果ではないはず。ラミエ王国軍を消耗させることには成功したし、ケベル王国にはすでにラミエ王国軍の援軍が来ていたからだ。

これ以上は見届ける価値もない。

そう判断してガリントはケベル王国への帰途に就いた。

＊

エイントリアン海軍副司令官となったホフマン率いる大艦隊は連日忙しく動いていた。

一次的にベンテとジントをルアランズ地域に下船させた。その後、素早く戻って今度は第二次作戦のためにブリンヒルを守っていた2万の兵士を載せる。

　これは非常に重要な作戦だ。

大勝で鹵獲したラミエ王国軍の軍服に着替えたユセンの軍は、素早く艦隊に乗船した。

この作戦を任されたのはユセンとギブン、そして参謀役のヘイナとヴィネだった。

「私がなぜこんな服装をしないといけないんですか？」

ヴィネは不満げに自分の格好を見る。彼が着ているのはラミエ王国軍の法衣だ。

「君が今回の作戦の要だからさ」

その姿を見ながら、ユセンはヴィネを慰(なぐさ)めた。

「要だなんて、私は前線に立つような人間じゃないんですよ！」

ヴィネは大げさに主張するが、すでに選択肢はなかった。

「アハハ！　よく似合ってるのに、何を言ってるんですか！」

ギブンがそんなヴィネの背中を叩きながら言った。

もちろん全く慰めにはならない。

ヴィネはしょんぼりしていたが、もちろん彼の心情など作戦に何の影響も及(およ)ぼさない。

艦隊は無慈悲(むじひ)にも出港した。

「風は順調か？」

「はい、司令官。この時期の風はちょうど西に向かって吹きますから！」

ユセンの質問にホフマンが大きくうなずく。

そうして艦隊はルアランズを過ぎ、目的地のラミエ王国領に入った。２万の兵力の目的地は、ロトナイ王国だった。

「そろそろマナの陣を準備してくれるか？」

敵国を目前にして、ユセンがヴィネの肩に手をのせた。ヴィネがこの戦闘に参加したのはこれが理由だ。

彼は長年マナについて研究を重ねてきた。当然ラミエで使われている神聖力なる術式についても仕組みを把握している。

ラミエの大司祭が使うものと似たようなマナの陣を展開すれば、ロトナイ軍は当然こちらをラミエ王国軍だと誤解するだろう。これがエルヒンの戦略だった。

とはいえもちろん回復させる兵士などいないから、ヴィネは別の陣を用意した。

ヴィネが使うマナの陣の中に強力な閃光を放つものがある。目眩（めくら）まし以上のものではなかったが、大司祭が神聖力を発揮する時に発生させる閃光と非常に似ていた。

同じマナを使った術なのだから、まあ似たようなものになるのも道理だろう。

＊

メデリアンから逃げ続けてすでに5時間が経っている。

走ってるうちにだんだん彼女のスキルの射程範囲もわかってきて、そのギリギリを狙って馬を走らせられるようになった。

ラミエ王国軍相手に大通連を召喚したので、再使用までの時間が必要だったからだ。

向こうも向こうで凄まじい執念で追ってくるものの、やはり体力が底を尽きかけているらしい。時々馬を止めては憎らし気にこちらを見るメデリアンを横目に、俺もこれ幸いと休息を取らせてもらった。

だがそろそろいいだろう。

森の近くまで移動して、これ見よがしに馬から降りる。

メデリアンがだんだん近づいてきた。

そして彼女は俺の前で馬を止め、開口一番、

「止まれって言ったのに、なんでこんなに止まらないの？　ムカつく、ムカつく、ムカつく。腹立つ、腹立つ、腹立つぅぅ！　あぁぁぁぁあっ！　腹立つ！」

と叫んで馬から飛び降りた。

全身をわなわな震わせながら両手を握りしめて前後にむやみに振る。

「お腹が空いて死にそうなのに、力もほとんど使って死にそうなのに、逃げるだけだし！　あんたほんと何がしたいの？　殺されたいの？」

「いや、俺を殺すために追いかけてきたんじゃないのか？　てっきりそのつもりなのかと思って逃げてきたのだが」

「あんた、あんた……！」

彼女は俺の言葉に、なぜかさらに怒り出した。「うわぁぁぁぁっ！」と頭を掻きむしっている。

一体何がしたいんだ……？

「殺す。絶対殺す。もう射程距離に入ったから逃げても無駄よ。殺しちゃうじゃなくて、殺す」

めちゃくちゃ怒ってるな。

「本当に殺しちゃうって何だよ……。まさか別の目的で追いかけてきてたのか？」

「あぁぁぁぁっ！　うるさいうるさい！」

俺の言葉に、再び大声を上げた。同時にスウェッグとローリンズを宙に浮きあがらせる。

俺はふと思い立ち、メデリアンに向かって革製の水袋を投げて寄こした。

　彼女は思わずそれを受け取る。

「何よ、これ？」

「水だよ。それを飲んで一旦落ち着け。疲れただろ？　毒なんか入ってないから、心配するな」

　わからないが、きっと相当喉も乾いているんじゃないだろうか。

「毒なんか入ってても関係ないわ。私のマナが毒に勝つからね。フン」

　そう言いながら、彼女はすぐに水袋のふたを開けて水を飲もうとした。

　しかし、水が出ない。

　一滴も。

　水袋を何度振っても出てこない。

「……お前ぇぇぇぇぇ！」

「いやいや待ってくれ、これはミスだ！　わざとじゃない、本当だ」

　間違って先ほど飲み干したばかりの水袋を渡してしまったらしい。どおりで投げたときに軽いと思った。慌てて、今度はちゃんと水が入っている袋を投げ渡す。

「…………」

　メデリアンは怒りながらも水袋を受け取った。軽く振るとちゃぷちゃぷと水の音がしたのか、今回は信じてもらえたようだ。しかしプライドが邪魔するのかしばらく俺と水袋を交互に眺めた。

それでもやはり喉は渇いていたのだろう。

水袋を空けてゴクゴクと豪快に飲み始める。

そして水が一滴も出てこなくなるまで飲み干してから、ようやく口を離した。

「……どうも」

メデリアンは口元をさっと袖で拭いた後、クールに感謝の言葉を呟いた。

「ふっ……どういたしまして」

思わず笑いそうになるのを堪えて返答する。

猪突猛進タイプの戦闘マニアかと思っていたが、もしかしたら結構話が通じるんじゃないか？

俺は一瞬、ありえないことだが、バルデスカ兄妹が俺と肩を並べて戦う様を想像した。

荒唐無稽な夢には違いない。だがしかし、その夢にはロマンがあった。


グウゥー！


俺のそんな妄想は大きな腹の虫の鳴き声に掻き消された。

見ればメデリアンが腹を抑えて蹲っている。

「ううぅっ」

「ぷふっ！」

つい吹き出してしまった。

正直彼女が普通の女の子だったらかわいいと思ったかもしれない。

だがすぐに気を引き締める。相手はＳ級武将だ。

見た目は可憐でも戦闘力は化け物と変わらない。

ごほん、と咳ばらいをする。

「それで、結局何のために俺を追いかけてたんだ？」

メデリアンはしゃがみ込みながら俺を睨みつける。

「戦いに」

「戦いに来たってことは、殺しに来たんじゃないのか？」

「あんたが弱ければそうなるでしょうよ！　でも、それはあんたが弱いから死ぬのよ。私が殺したんじゃなくて。あんたに資格がなかったらそうなるってだけ！」

「資格？　一体何のことだ？　わざわざこんな遠い所まできて……」

「それは……私と遊ぶ資格よ！」

「はぁ？」

思わず呆れてしまった。一体何を言い出すんだ？

「何を言ってるんだ……ああいや、もういい、とりあえずこれでも食え」

なんだか呆れて戦う気力を削がれてしまった。

俺は首を横に振って彼女に他の革袋を投げた。

もちろんアピールとして舌打ちすることも忘れない。

「もう水はいらないんだけど！」

「干し肉だ、干し肉。ちゃんと中身を見ろ」

「干し肉？　本当に？　おぉぉぉ！」

革袋を開けて干し肉を見つけた彼女は小さな口にありったけ詰め込んでいく。

喜びすぎだろう。

だが突然顔を青くする。

そして悲壮な声で俺に言った。

「み、水はもうないの……？　喉が詰まったんだけど！」

絶句した。親切ついでに水まで渡すと、すぐに開けてゴクゴクと飲んで幸せそうな顔で立ち上がった。

「フフフ。お腹いっぱい。これで戦えるわ！」

「いや、お前な……というかヘラルドにいないといけないんじゃないのか？　軍規違反をすれば十武将といえどお咎めなしとはいかないだろ」

「そ、それは！　陛下とお兄様に小言を言われそうだけど！　でも、仕方ないわ。それよりもっと重要なことができたからね！」

「それが俺との戦いってことだよな……？」

「そうよ！　この前とは違うわ。最初から全力を出す！」

その瞬間、彼女から凄まじい殺気が放たれる。

さっきまでの様子で毒気を抜かれていたが、やはりこいつは猛獣だ。

メデリアンはスウェッグとローリンズを抜き放って斬りかかってくる。

それだけで彼女の［武力］は１０２に上昇した。

俺もすぐに大通連を召喚し応戦する。

大通連と彼女の剣がぶつかる。

キィィンッ！

その度に強烈な衝突音が耳に突き刺さる。

１００と１０２。今の状態では、彼女のほうが強い。

だが彼女を誘導するにはむしろ好都合だ。

わざとらしい演技をしなくても後退できる。

だがそう甘くはいかない。

「バルデスカ！」

メデリアンは全力を出すという彼女の言葉通り、最強の剣まで呼び出した。

スウェッグは［武力］＋1、ローリンズは［武力］＋2。

どちらも破格の数字だが、バルデスカはなんと［武力］＋5である。

さすが、バルデスカという名がついているだけはある。

前回は［真破砕］で無理やりスウェッグとローリンズを無力化したために［武力］104が最高数値であったが、今回は全てが揃ってしまい［武力］107にまで跳ね上がっている。

しかも彼女は3本の剣をスキルで自在に操れる。単純に3方向から斬りかかられるだけでも厄介だ。

［武力］100で107を相手にするのは絶対的に無理だ。あの剣を［攻撃］コマンドが全部塞ぐことはできない。

そのため俺は［30秒間無敵］を使って馬に乗って逃げた。そのまま山へ向かって馬を走らせる。

「何よ、結局また逃げるの？」

彼女は明らかに落胆した表情をした。先ほどまでの高ぶった殺気ではなくなったのを感じる。

さっきのように距離が開いているわけではないので、彼女の射程にはずっと入っていた。［３０秒間無敵］がなかったら、すべて阻止することさえできなかった。

　しかし、山の中へ誘導することはできた。

　できれば使いたくなかったが、出し惜しみして殺されては元も子もない。そう思いシステムを開く。

　そう、現在の俺の武力は大通連を使用した状態で１００。しかし基礎の［武力］をさらに上げて７３にすれば合計１０３となる。さらに［真破砕］を使えば一時的に［武力］が１０８となり、彼女を上回れるのだ。

　だがギリギリでポイントが足りない。

［武力］を６７から７０まで上げるのに使ったポイントは、３００ずつで合計９００。だが７０からは１上げるのに７００ポイントが消費される。７３まで上げて２１００ポイント。［３０秒間無敵］の使用は１回２００ポイント消費でここまでに５回使用した。

　先の４０００ポイントはこれで使い切る計算だ。

　ともかく、［真破砕］によって数値で彼女を超えればこの場は乗り切れる。

　俺は一瞬身を隠して［武力］を７３まで引き上げた。

　レベルアップをし終えたタイミングで背後からメデリアンの足音が迫った。ひゅん、と音がして周囲の木が伐採（ばっさい）される。

　間一髪で前に転がりそれを避けた。

「ああ、そんなところに隠れてたの」

「隠れてたわけじゃない。このタイミングを狙ってたのさ！」

感情の読めない表情をした彼女に向かって、俺は［真破砕］を使った。

メデリアンは前回のことを思い出し、バルデスカとローリンズを両手に持って大通連を迎撃した。

「おぉ……！　あんた……！」

その瞬間、メデリアンがとても嬉しそうな顔になった。

まるで遊び相手を見つけた子どものようだ。

三本の剣がマナの閃光を散らしながら競り合う。

［真破砕］はマナスキル無効化という破格の能力を持っているが、それは接触して初めて発動する。そのためスウェッグを宙に逃がせば恩恵だけを得たまま［真破砕］を受けることができた。

さすがは十武将序列第1位だ。

もし107と107なら、前回のように爆風が発生するだろう。

しかし今は1だけ俺の［真破砕］が上回っている。

結果、大通連が少しずつ彼女の剣を押し始めた。

メデリアンはなぜか笑い出した。ヘラヘラと。

「ウハハハハハハ！」

完全に押されて［真破砕］が彼女の目の前までくると、俺を見つめてこう言った。

「やっぱり私が目をつけた男だわ！　次は負けない！　すぐにまた来るからね！」

大通連の剣先が触れようとした瞬間、彼女は跡形もなく消えてしまった。

宝具を使ったのだろう。

あれは帰還用だから、おそらくナルヤのバルデスカの実家に移動するのだろう。

まあ、それでいいか。

山の迷宮に嵌めてルナン側に帰すつもりだったがこちらの方が手っ取り早い。彼女が実家で見つかれば、バルデスカが俺の方に兵を差し向けることもないだろう。

＊

「ラミエ王国軍の兵糧は全て回収したか？」

「はい、陛下！　ルアランズに展開されていた補給路とベランドの拠点にあった兵糧をすべて回収しました！」

報告によれば10万の兵力が1か月ほど持ちこたえられる量の兵糧だ。

大勝利といって差し支えない。

もちろん、目標はラミエ王国軍を倒すことではない。これから大陸の情勢はますます厳しくなるはずだ。

俺はこれを機にエイントリアン軍の恐ろしさを喧伝するつもりだった。

各国がナルヤ王国を恐れるように、我々新エイントリアン王国をも恐れ、同時に我先に助けを求めてくるような、そんな状況が好ましい。

そのために、俺はこれからナルヤとケベルの戦争へと介入する。

そのための火種をひとりわざと生かして帰した。ケベル王国の参謀であるガリントという男を。

＊

「大司祭が死に、遠征軍が壊滅しただなんて、一体何が……ああ、ラミエ神よ！」

ラミエ王国の国王が惨事の説明を求めた。ひとりの大司祭はケベル王国に行っていたため、生き残ったふたりの大司祭が苦し気に互いを見つめ合っていた。

「ラミエ神の強力な加護にほんの少し傷が入っただけのこと。すぐに軍を立て直して攻め込みましょう。すべてはラミエ神のご意志です！」

大司祭のひとりがこう答えると、もうひとりも同調した。

神の権能を盛り込んだ軍隊が敗北したということは、国民の信仰心にも大きな影響をもたらすということだ。このまま負けたままではいられなかった。

「陛下！　陛下！」

その時、国境から急報が届いた。それはロトナイ王国との国境から到着した知らせだった。

「今度は何だ？」

頭を抱える国王の質問に、急報を運んできた神官が跪いて叫んだ。

「ロトナイの大軍が、ラミエ王国領に侵攻してきました！」

その知らせにふたりの大司祭は驚いた顔で神官を見た。

「それは一体どういうことだ！」

「『貴国の宣戦布告を受け入る。この戦いにおいて正義は我らにある』。これがロトナイから届いた手紙です。彼らは先制攻撃をしたラミエ王国軍を追撃して国境を越えたという内容を繰り返しています」

ラミエ王国としてはわけのわからない話だったが……。

エイントリアンとルアランズ、さらにケベル王国にも軍を派遣してラミエ王国の守りが手薄な状況だということを明らかに知っているロトナイは、ラミエの挑発が本当であろうがなかろうが関係なく、それを口実にラミエ王国領に侵攻してくるだろう。

弱った獲物は見逃さない。

戦乱の世では当然のことだ。

＊

ラミエ王国軍を撃退した数日後、ロトナイとラミエの戦争が始まったとの知らせが入った。

「陛下、予想通りラミエ王国は揺れています。戦力は拮抗気味ですがロトナイ王国が優勢です」

そうだろうな。

もちろんロトナイの勢いが強いが、神聖ラミエ王国も強力な大司祭が残っている。国境で熾烈な力比べをしているようだった。

この戦乱の状況はナルヤ王国が始めた征服戦争がもたらした効果だった。

じっとしていても餌食になるだけだということに気づいた他国も、より多くの領土からより多くの兵糧を備蓄し、より多くの兵力を擁するために戦争に乗り出し始めたのだ。

「その間、エイントリアンは各地の防御を固める。時が来るまではな」

ケベル王国とナルヤ王国の戦争に割り込むための準備。

自国の防御態勢が完璧でなければ、他国に援軍を送る余裕など生まれない。

先日完全にナルヤがヘラルドを滅ぼしたらしい。やはりメデリアンの活躍が大きかったのだろう。

ただナルヤ軍の再整備には少し時間がかかる。少なくとも通常は2~3か月の再整備時間が必要だった。

まさにその間、俺もまた軍の再整備をするつもりだった。

「グラム」

「はい、陛下」

「各種装備の開発に進展はあるか?」

グラムには研究チームを預けて装備品の開発も任せていた。

「はい。資金を十分に与えて下さったおかげで、開発は順調です!」

「よし。フィハトリはグラムと一緒に整備を総括し、各拠点の関門と城壁の補修を行え」

「はい、陛下!」

グラムとフィハトリがそれぞれ応えた。

「ホフマン、君は制海権を必ず掌握していなければならない。誰もエイントリアンの領海に侵入できないようにだ。突発的な事態が発生した場合は、陸軍と緊密に連携しろ」

「わかりました。海で死ぬ覚悟で臨(のぞ)みます!」

山脈のほうは山の民が防ぐ。新しく開発させた罠も山の民を助けるだろう。ベランドとキンバーグの拠点も同じだ。特に、ベランドを通じてエイントリアンに入る道にさまざまな準備をしておくつもりだった。誰もむやみに我が領土に入ってくることができないように。その後に海まで封鎖すれば、防御は完璧になる。

「残りは基本に忠実に。引き続き兵を訓練して養成することに集中するように！　みんな、わかったか？」

「はい、陛下！」

ナルヤ王国軍はヘラルド王国を完全に服属させてナルヤの領土にした後、3か月間の整備期間を終え、再び計20万の大軍を集めた。

20万の兵の前に立つのは、若くして覇王となったナルヤの王カシヤである。

その横にはナルヤ十武将たち、そしてフラン・バルデスカが控えていた。

「我々ナルヤ軍はこれよりケベル王国へ進軍を開始する！　全軍総参謀はフラン・バルデスカ公爵だ！」

その言葉にバルデスカは深く頭を垂れる。

全軍総参謀――すなわち全軍の指揮官であり、カシヤに次ぐ国のナンバー2だということ。

バルデスカは対エイントリアン戦での敗北により一時は貴族たちの間でも「終わった男」などと噂されていた。しかし今回のヘラルド攻めにて、敵兵士たちの一挙手一投足までをも把握し戦場の一切を支配した圧倒的な勝利を収めたことで再度その実力が評価されたのだった。

「またケベル攻めには、本国守護の三人を除くすべての十武将が参加する！　この戦いに我々の敗北はあり得ない！　我が軍の総力を挙げて敵を蹂躪しろ！」

——うおおおおおおおおお！

王の言葉に地を割らんばかりの喊声が轟いた。

＊

今ではナルヤの領土となった旧ヘラルド。

メデリアンは実家に戻るやいなや、ケベル王国と国境が接している戦いの最前線に連れてこられた。兄からの「今すぐ来なければ家から追放するぞ」という脅しにはさすがに逆らえず、仕方なくとぼとぼと戦線に向かったのだ。

両親が早くに亡くなった後、自分をずっと育ててくれたのは兄だった。彼女にとっては兄であり親でもある。ないがしろにするつもりは毛頭ない。それでもメデリアンは自分の気持ちを優先したがった。

バルデスカの教育で一つだけ間違いがあったとしたら、メデリアンを可愛がり過ぎたことだろう。

戦線に連れてこられたメデリアンは直ちにナルヤ王国軍、第一軍先鋒隊の隊長に任命された。

第一軍先鋒隊。

それは、ケベル王国に真っ先に攻め込んで味方の進撃路を確保する最も重要な役割だ。武将の中で最も強い者がこの任務を引き受ける。

「お兄ちゃん、ねえ、ほんとにやらないとだめ？　私他にやりたいことがあるんだけど！」

しかし、メデリアンは今回の戦争にそれほど積極的ではなかった。こんなつまらない戦争よりも、面白いものを見つけたからだ。

そのため王に先鋒隊に任命された後、メデリアンは毎日バルデスカの元を訪れ彼の周りをぐるぐる回りながらずっと文句を言っていた。

「無視しないでよ！　かわいい妹が話しかけてるのに！」

以前にも聞いたことがあるようなやりとりにバルデスカは溜め息をつく。

もちろん、第一軍先鋒隊隊長と全軍総参謀の会話とは程遠い。かわいい妹を自認することからがすでに公的な地位を無視して私的な抗議をしていることになる。

そんなメデリアンを前にして、バルデスカは机に勢いよく額を打ちつけた。

「メデリアン！　一体やりたいこととは何だというんだ？」

身分の上下を問わず誰にでも敬語を使うバルデスカだが、唯一の家族であり実妹のメデリアンにだけは敬語を使わなかった。

自分の妹に変なところが多いことは知っていた。直接育てたのだから、わからないはずがない。いつも予測できないことをしでかす彼女だ。

しかしここ数か月の彼女の行動はあまりにも目に余る。

「勝負しないといけない人ができたの！　私を初めて負かした相手にリベンジするんだから！」

「……お前を初めて倒した相手は別にいると思うが」

バルデスカの言葉に、メデリアンは顔をしかめた。

「陛下(へいか)は例外よ！　っていうか子どもの時だし。大体小さい頃から陛下はいつも私を殴って殴って殴りまくって……！」

メデリアンはうんざりするような顔で首を横に振った。彼女が言う陛下とは、当然ナルヤの王カシヤを指している。

「とにかく、陛下とは違うの！　陛下は好みじゃないし！　むしろあんまり会いたくないっていうか……」

幼い頃のトラウマが思い浮かんだのか、メデリアンはぶるぶる震えながらそう宣言した。

「ちょっと待て……好み？　どうしてそんな話が出てくるんだ？」

「ち、違う違う、違うの！」

メデリアンは首を横に振った。そして自分の口を塞いで遠くの山を眺め始めた。

「ちゃんと言え、メデリアン！　何が違うんだ？」

賢いバルデスカも溜め息をついて訊いた。

「好みっていうのは間違えて言っちゃっただけで……復讐が正しい、復讐が！」

慌てて否定するメデリアン。

バルデスカがここまで頭を痛ませているのは、メデリアンがリベンジを狙っている相手が誰だか知っていたからだ。

エルヒン・エイントリアン。やつはバルデスカにとっても宿敵である。

実際にエルヒンから「早く彼女を連れて帰れ」と密書まで届いていた。

一体なぜ彼に復讐をすると言いながら、好みの話がでてきたのか。男女の事に関しては無知極まりないバルデスカとしては、全く理解できない行動だった。

「お前の話は全然わからないが、一つだけ言おう。好き勝手するのはケベル王国を占領した後にしろ。さっさと終わらせれば少しくらいは自由に行動できる時間もできるだろう」

「それ本当？　わかった！　そうなったらやる気が出てきたわ！　よし、ぶっ倒すわよ。最初から全力で行くわ！」

メデリアンは素早く飛び出していった。バルデスカはその様子を見て、少し心配になった。

この戦争にエイントリアンが割り込むかもしれないと思っていたからだ。

＊

「陛下！　ついにナルヤ王国軍が国境に迫ってきました！」

ケベル王国の実権者であるプレネット公爵が険しい表情で王の前に跪いて報告をした。

「……わかった。ここまで備えをしてきたのだ。必ずナルヤを退けなければならぬ！」

「私の命に代えても必ず成し遂げてみせましょう！」

ケベル国王の前で大言壮語した後、プレネット公爵は王宮を後にした。そして、全家臣を招集して緊急命令を下した。

国王の気持ちがプレネット公爵の気持ちでもあった。

ナルヤの侵略はあまりにも明らかなことであり、これまで最大限の備えをした。国境に配置したケベルの兵力だけでも30万を超える。彼らが把握したナルヤ軍の数は20万。備えは万全だ。さらに、ラミエ王国から来た5万の援軍もいた。もちろん、その援軍がそろそろ顔色を窺いながら帰る準備をしているのは問題だった。最近、ラミエ王国はロトナイ王国に宣戦布告されたからだ。

しかし、ケベルが負ければラミエ王国はロトナイだけでなくナルヤからの攻撃に晒されることになる。さらに新エイントリアン王国からの攻撃も懸念されるその事実により、ラミエ王国では容易に援軍の撤退を決定できずにいた。ケベルに送った援軍に下した命令は、できるだけ兵力を温存しながら状況を把握することだった。

もちろんその命令について、プレネット公爵の腹心であるガリントは正確に把握していた。ケベル王国としても自軍の消耗を抑えたいという考えは同じだったので、ラミエ王国の援軍から真っ先に最前線に投入する術を考えていた。

「すぐにあいつを連れてこい！　親衛隊であれ何であれ、王都で動員できる兵力はすべて動員して捜索するのだ！」

あいつとはプレネット公爵の息子アドニアのことだ。マナの才能が高いことから神童と呼ばれ、現在はS級武将の仲間入りを果たしたケベル王国の誇る最強の男。

しかし、現在彼は行方不明だった。

才能は申し分ないのだが、その才能にかまけて常に女遊びに耽っている。今も付き合っている女性と共に行方をくらましてしまった。

そのため息子を探すためにプレネット公爵は四方に兵士を送らなければならなかった。

「周辺諸国に援軍を要請してみるのはいかがでしょうか?」

そんな様子を見て、万が一に備えるためにガリントがこのような提案をしたりもしたが、プレネット公爵は首を横に振った。プレネット公爵としては徹底した備えをしたし、何より現段階で頼れる国などエイントリアンくらいしか思いつかなかったからだ。

＊

ナルヤの精鋭軍がケベル王国の国境に迫っていた。

旧ヘラルド王国の領土を経て20万の大軍が一斉に攻撃を開始する。

ナルヤ王国軍は一点突破を計画した。旧ヘラルド王国からケベル王国に入る唯一の道には、これ見よがしに巨大な関門が一つあった。これまで王国を守ってくれた守護神といえる関門だ。この関門を通らずに侵攻しようとすれば、山を登ったり大きく迂回したりしなければならなかった。

つまり、大軍が侵入するためには必ずこの関門を突破しなければならなかった。

急峻な谷間の道に佇む関門は凄まじい迫力を持っている。高さだけでも普通の城壁の二倍はある。

ナルヤ王国軍としても、この関門を突破できなければ、補給ルートが困難になる。山越えでの補給ほど非効率的なことはなく、不確実性があまりにも高まる。必ず突破しなければならない関門だ。

その関門の前に、ナルヤ軍２０万が現れた。

「２０万の大軍か」

関門の城壁の上でケベル王国軍の守門将が複雑な顔でナルヤ王国軍を眺めた。

「斥候の情報が正しければ、数は間違いないでしょう」

守門将が剣をぎゅっと握り締めた。

過去にヘラルド王国が何度もこの関門の突破を試みたが、ケベル王国軍は一度も敗北したことはなかった。少なくともここ１００年間は。

「それでも大丈夫です！　近くに駐屯していた味方がまもなく合流する予定です。そうなると、我々も２０万を超えます！　この関門の守りは絶対です！」

副官がそう叫んだ。

ケベル王国はかねてからこの戦争に備えていたので、直ちに関門に１０万の兵力を配置し、さらに１５万の兵力を周辺へ配置していつでも助勢できるようにしていた。

その１５万は、敵がどんな侵攻ルートを選択しても備えられるように配置しておいたもので、関門に合流するのに一日もかからなかった。

関門だけに配置しておくことは、別の問題を引き起こす。補給を捨てて迂回して侵入してきた後に、背後から関門を狙うこともできる。さまざまな可能性をすべて潰すための配置なのだ。

通常、この程度の高さの関門を攻略するためには、守備軍の少なくとも五倍の兵力が必要だ。さらに関門の規模を考えれば、少なくとも1か月は軽く持ちこたえることができた。そのため、この関門がケベル王国の考える最大の戦場だった。

いかにこちらの消耗を減らし敵を疲弊させられるか。それが今回の戦いの肝であるとケベル王国軍は考えていた。

＊

関門の前に誰かが歩いてきた。

華奢な体型に長髪、長いコートを着た男。戦場には不似合な身なりをしている。その男の後ろには、剣をいくつも帯刀した女が立っていた。

守門将は、宣戦布告をしてきた使者か降伏勧告をしに来た使者だと思った。兵士を率いてきたわけでもなく、ふたりだけで現れたからだ。

しかし、関門の前に現れた男――ナルヤ全軍総参謀フラン・バルデスカは、守門将が予想とは程遠いことを企てていた。

他に兵士を連れずにふたりきりで現れたこと自体が、まさにその証だった。

そのバルデスカを守るのはほかならぬメデリアン。心強いボディガードを背に、バルデスカは関門の前に巨大なマナの陣を描き始める。

降伏勧告をしに来た使者程度だと思っていた守門将は、マナの陣を描き出したバルデスカを見て慌てて命令を下す。

「矢を放て！　直ちにあいつの行動を止めろ！　今すぐ！」

バルデスカ家が使うマナの陣についてはケベル王国でも知られている。マナの陣を防ぐために一斉掃射を仕掛けるケベル軍。

「ふん、その程度！」

メデリアンがバルデスカの一歩前へ出る。降り注ぐ矢を睨みつける、彼女は持っているすべての剣を解放した。

三本の剣が宙を舞う。

「な、なんだあの女は！　さっさと仕留めろ！　敵はたかがふたりだぞ！」

「そんな貧弱な矢で殺せると思わないで！」

メデリアンは難なく敵の矢を防いでいく。

その間にバルデスカは素早くマナの陣を作り上げた。

さらにマナの陣へマナを注ぎ込む。

ちょうどそれに合わせて第二軍を率いている十武将序列第3位のイスティンと彼の副官ルカナの騎兵が合流した。

同時に光が空中に向かって伸び、封印の陣が発動した。

これは一定範囲内を封鎖する能力を持つ。

つまり封印の陣の中の関門にケベルの援軍は救援に来られないという意味だった。

ケベル軍の守門将は絶望的な顔で空を見上げた。

*

戦況は急激に変化した。

ケベル王国の関門は一日も経たないうちに突破された。

プレネット公爵はその関門での戦いがこの戦争の肝になると考えていた。

だがバルデスカの封印の陣は規格外だった。

これでケベルの戦略は完全に覆されてしまった。

「ケベル王国は切羽詰まっているでしょうね」

「そうだろうな」

俺と共に報告を聞いたユラシアが感想をいう。

俺は今、ユラシアと共にケベル王国の戦場に来ているところだった。当然、公式的な訪問ではない。非公式の訪問だ。

戦場の状況を把握し、可能であれば戦況に介入するためにこの地にやってきた。

ケベル王国の関門が破られるやいなや、ナルヤ王国軍は三部隊に分かれて進撃を始めた。

第二軍と第三軍はそれぞれ両サイドの領地を占領するために乗り出し、中央にあるケベル王国軍の１５万の主力軍を相手にするために王が直接第一軍を率いて乗り出した。

王が率いる第一軍の先鋒隊長は、なんとメデリアンだった。

戦場での彼女は圧倒的だった。先鋒隊長に彼女より適任の人物がいるだろうか。

そうしてメデリアンが踏みにじって通り過ぎれば、後からナルヤの王カシヤがやってくる。

平地でナルヤ軍と戦うのは愚策だ。

それに一早く気づいたケベル王国軍は一旦後退し、後方の兵力をすべて引き上げ始めた。

三つの領地を瞬く間に占領したナルヤ軍だが、バルデスカの封印の陣は短期間に何度も使えるスキルではなかったため、その次の目的地であるヘルナタ領地を占領するために全軍を集結させた。

当然、ケベル王国もヘルナタの守城戦に全力を尽くすつもりで兵力を集結させた。

しかし、その結果は再びの敗北だった。

ケベル王国は、一方的にナルヤに押されている現状を深刻に受け止め始めた。今は四つの領地を明け渡したわけだが、その勢いに完全に押されていたからだ。

「俺たちは……ジェイラン領地に行ってみよう。そこでやることがある」

最終目的はケベル王国がエイントリアンに援軍を要請することだが、それとは別に必ずしなければならないことがあった。

歴史は大きく変わってしまったが、まだ俺のゲーム知識が通用する部分もある。それを最大限利用してアドバンテージを取ることがこの戦争を左右することになるだろう。

＊

「アドニアは！　アドニアのやつは……まだ見つからぬのか！」

プレネット公爵にとって関門での敗北は衝撃的だった。無敗を誇った国境の関門が、一日も経たないうちに突破されたなど話にもならない。

「そ、それが……プレネット様が交際に激しく反対されたことで完全に雲隠れしてしまったのではないかと思われます……」

　これまで誰も言えなかったことを口にした家臣に向かい、プレネット公爵の怒鳴り声が響いた。

「今、国が風前の灯火だというのに、何をほざいておるのだ！　貴様ら、よくも……！」

　プレネット公爵の怒鳴り声に、家臣たちはみな跪いた。

「申し訳ありません！　引き続き探します！　きっと本国のどこかにいるはずです！」

　確かに今最も重要なのはアドニアの合流だった。彼さえいれば、こんな簡単に戦線が崩壊することはなかっただろう。

「殿下！　大変です！　ジェイラン領地の前線に送ったラミエの援軍が、いきなり退却しました！」

　弱り目に祟り目とはこのこと。一番心配していたことが起こってしまった。顔色を窺い続けていた援軍が、ついに事を起こしたのだ。戦線が押され始めると、むしろ兵力の損害を受ける前に本国に帰ることを選んだのだった。

「……よくも、よくもぉ……！」

　プレネット公爵は言葉を継ぐことができずにわなわな震え、怒りに耐えられず失神してしまった。

＊

「ジェイラン城へ向かう伝令たちか？　じゃあ殺さないとな」

目の前で進撃する部隊を眺めるひとりの男がそう呟いた。

彼は直ちに小規模部隊を倒した。そして主人を失った馬に乗った。

こうして姿を現すつもりはなかった。一生父親の前に現れるつもりがなかったからだ。

しかし、国が滅びてしまうというなら話は別だ。それも、自分が隠れていた領地が敵に踏みにじられるようになってしまっては。

「クソが」

国を守ってこそ家庭も守れる。戦乱の時代には当然の真理だった。

父親を避けてただの村人として暮らしていた。妻との間にはすでに息子も生まれている。

守らなければならない。

「クソがぁっ！」

父親はこんな自分の真剣さを、ただの遊びだと表現した。平民との遊びだと。

そうすればするほど、自分の身分と国までも捨ててしまいたいという気がしたが、アドニアは身分は捨てても、どうしても国を捨てることができなかった。

この領地が敵の手に落ちれば、すぐに多くの村が踏みにじられる可能性もあった。ナルヤが今すぐには虐殺(ぎゃくさつ)をしないからといって、ずっとそうだという保証(ほしょう)はない。戦争では常に必要に応じて数多くの命が虫ケラのように潰される。

アドニアは妻と息子を家に残し、ひとり馬を走らせた。

やがてジェイラン城に着いた彼の目にナルヤの旗が見えてきた。ナルヤの第二軍の旗だ。第二軍はジェイラン城への突撃を開始しようとしていた。

「邪魔だ！　どけ！」

アドニアは単身ナルヤ第二軍へ突撃した。

「な、なんだ貴様！　ケベルのスパイか！」

ナルヤ軍はもちろんアドニアをスパイと認識して殺そうとした。しかし追撃はことごとく弾かれ、弓は彼の背に届かない。

アドニアは火の粉(ひこ)を払うように敵を薙ぎ倒しながら、ただジェイラン城に向かって走り続けた。

そしてナルヤ軍の先頭、城門に突撃しているその現場にでる。

ナルヤの第二軍総大将はイスティンでその副官はルカナだった。

十武将序列第3位の軍隊に、ジェイラン城門の守りは壊滅しかけていた。

「第二軍程度にこんなに呆気なくやられる国になっちまったのか？　腰抜けどもが！」

アドニアは味方に向かって叫び、戦場に駆けつけた。

＊

もちろん、そんなアドニアを無傷で通すナルヤ軍ではない。

「ちょっとあなた、何者ですか？」

ナルヤ軍の間を通り抜けるアドニアを阻止したのは、ルカナだった。後方から単騎で軍を突破してくるなど並の腕前ではない。敵であることは確実だったので、当然そのまま行かせることはできず、直接乗り出したのだ。

ナルヤの十武将序列第7位で、A級武将のルカナだ。負けるなど想定もしていない。

だがアドニアの剣を打ち止めたその一瞬で、ルカナは馬上から弾かれる。

アドニアの一撃にはマナが込められていた。

瞬間的に受け身を取ったが、マナの力に押されたため即時には起き上がれない。その横をアドニアが通り過ぎる。彼が城に向かうことだけに気をとられていたので、命拾いしたのだ。

ルカナがやられると、さらに多くの兵士たちがアドニアに殺到した。

「失せろ！」

アドニアは立ち止まった場所で剣を回転させた。剣から発生する強力なマナが竜巻になって兵士たちを襲い、その中に強力な火炎が発生した。火炎嵐によって兵士たちの身体が燃え上がり、包囲網は簡単に破れてしまった。

もちろんいくらアドニアだとしても数万の兵士に包囲されれば危険なのは同じだ。しかし、攻城戦の最中ではほとんどの兵士は城の陥落に集中していたため、アドニアを相手にする兵力には限界があった。

包囲し兵士たちを消し炭にし、アドニアは走り続けた。馬から降りてはしごを登る兵士を殺した後、城壁に登った。

城壁の上で戦闘しているナルヤ軍も斬り倒した。

ジェイラン領主はそこでアドニアを認識する。

しかし、農夫の身なりであるうえ正体がわからなかったため、警戒せざるを得なかった。

アドニアのおかげで城の上に登ってきたナルヤの兵士たちはすべて倒され、ルカナの負傷により敵軍が一時退却を始めた。ジェイラン領主はそれを見守った後、アドニアを幾重にも包囲した状態で問いただした。

「其方は何者だ！」

アドニアは呆れてしまった。

「使えねぇやつらだな！　敵も味方も区別できないのか？」

そう叫ぶと、ジェイラン領主は少しビクッとした。確かにすごい実力だった。だからこそ平凡な身分ではないだろうと考えたのだ。

「其方が味方なら、正体を明らかにせよ！　どこの所属だ？」

ジェイラン領主が当然の手順で叫んだ。

「……どこの所属でもない。でも、ケベルの国民だ！」

もちろん、アドニアは身分を明らかにするつもりはなかったため、そう叫んだ。しかし、すでに王都で有名人だった彼だ。ジェイラン領主は彼に気づかなかったが、その隣にいた家臣がアドニアの顔をじっと見つめた。

ジェイラン領主は王都に行くことは滅多になく、プレネット公爵に会ったのも数回しかない。プレネット公爵の派閥でもなかったため、さらに王都に呼ばれることもなかった。税金などの国の金を王都に送る時は家臣を通じて処理した。まさにその家臣がアドニアに気づいた後、首を傾げながらジェイラン領主の耳元で囁いた。

「閣下、あの男……いや、あの方ですが、プレネット公爵家で見たことがある気がします。公爵のご息子のアドニア様に似ています！」

「なんだと？」

ジェイラン領主は驚いて家臣を見た。そして、再びアドニアを見つめた。

「そういえば、アドニア様を探せとの命令が送られてきていたな？」

「はい、そうです。そうだ！　間違いありません。あの実力！　他に誰だというんですか！」

家臣がそう答えると、ジェイラン領主は直ちに兵士たちに叫びながらアドニアに向かって走っていった。

「すぐに武器を下ろせ！　下ろすのだ！　誰に剣を向けておるのだ！」

自分が命令したくせにそう言い放ち、兵士たちは呆れた顔で領主を見ながら武器を下ろした。

「今までどこにいらっしゃったのですか、アドニア閣下！」

アドニアの正式な爵位は伯爵である。公爵位は彼の父プレネット・グレバディア公爵が持っている。アドニアが長子なので、プレネットが退けば自動的にアドニアが公爵になるのだ。

しかし、アドニアにはもはや関心もない世界の話だった。

「みな跪くのだ！　公爵家を継ぐ方であるぞ！」

ジェイラン領主は大げさに叫び始めた。ケベル王国でプレネット公爵家を知らない人はいないので、兵士たちも驚いて跪いた。

「今はそんなこと重要じゃないだろう！　王国の誇りはどうした！　なぜこんなに情けなくやられているんだ！」

「それが……」

ジェイランはどうしても「あなたが現れなかったからだ」とは言えなかった。とにかく、今は現れたのだから、それでいいのだ。

「攻撃しろぉぉぉ！」

「殺せぇぇぇっ！」

その時、アドニアに崩された戦線を立て直し、ナルヤ王国軍が攻撃を再開した。

「仕方ない……全員、立て！　俺が軍を指揮する！」

アドニアは剣を再び抜き取り、そう叫んだ。

＊

アドニア・グレバディア。

彼が剣に込めるマナは主に火属性だ。それもS級のマナだった。

もちろんS級だからこんな属性を作り出すことができるのであって、その下のクラスでは不可能だった。A級では自分だけの固有スキルを使うことができる。そしてS級は固有の属性を付与してマナをより強烈に放つことができるようになる。

アドニアが剣を振り回すたび、まるで火砲が当たったかのように敵兵たちが倒れていった。

第二軍隊長のイスティンは慎重な男だ。それほど簡単にこの戦争が終わるとも思っていなかった。

十武将の中には、ただ武力だけが高い人物もいる。例えばメデリアンのように。しかしイスティンは武力も強く指揮力も優れ、指揮官にぴったりの武将だった。

問題は、あまりにも無口だということだ。

しかし、ルカナがそばにいるからこそ、部下たちとまともに意思疎通が可能だった。

彼女がいなくても軍として一糸乱れぬ動きはできるが、複雑な指揮はできない。

第二軍はイスティンとルカナのふたりがいて初めて成り立つ。

「軍を分ける！　1万は全員隊長に従え。そして残りの4万は、私と共にそのまま城を攻略せよ！　隊長の命令だ。早く動け！」

イスティンの意図によってルカナが叫び、アドニアを相手にしていた兵士たちがザッと分かれ始めた。

「つまり……隊長を含む1万の軍であの火属性のマナを使う男を足止めしている間に、城門を突破せよということですよね？」

イスティンが無言でうなずくと、ルカナは再度命令を下した。

すでにジェイラン城門はほとんど突破されたも同然の状態だった。そんな状況で、急にアドニアが現れ瞬く間に戦線を立て直してしまったのだ。

しかし、イスティンの部隊が二手に分かれて戦法を変えた。アドニアを包囲しイスティンは彼に対峙した。

もちろん、イスティンはアドニアが自分と同格かそれ以上であると最初の接触で理解していた。だがプライドを気にしている場合ではない。

イスティンがエルヒートに尊敬の念を示したのは、エルヒートがまさに自分より国と自分の軍隊を考える男だったからだ。

「お前……ナルヤ十武将のイスティンだな？」

アドニアは剣をイスティンへ向ける。

イスティンはうなずくと、アドニアに向かって槍を振るう。当然アドニアに弾かれるが、その一瞬でイスティンは後ろに退いた。その瞬間、空いた空間へ盾を持った兵士たちが殺到しアドニアの前を塞いだ。

「雑魚が！　邪魔をするな！」

アドニアの強力なマナによって一度に数百人の兵士たちが倒される。その攻撃後、イスティンが再びスキルを使い、時間を稼いだ後に再び盾兵でアドニアを阻止した。

徐々に1万の兵が削られていく。だがアドニアもまた気づかぬうちに城門から引き離されていた。

イスティンのマナが底をつき、これ以上スキルで時間を稼ぐこともできず、1万の兵も2000にまで減った頃。


——ゴゴゴゴゴゴゴゴ……！


ついに門が開き、4万の大軍が一斉にジェイラン城に侵入した。

「隊長を守れ！」

その時、イスティンの兵士たちが身体を投げ打ってアドニアを阻止し、ルカナはアドニアを避けて城内に入ることができた。

4万の兵力がジェイランの城内に入ると、疲弊していたケベル王国軍1万あまりは瞬く間に壊滅していく。

そもそも神聖ラミエ王国の援軍がいてようやく五分だったのだ。

「ちくしょうっ！　クソがぁぁっ！」

アドニアは城の陥落は免れないと悟り、少しでもナルヤ王国軍を倒そうと手当たり次第に攻撃し始める。

大陸で五人しかいないS級だったからこそ1万の軍と互角に渡り合えた。

しかしそれ以上となると不可能だ。

ジェイラン城はそうしてナルヤ王国軍の手に落ち、アドニアは一時撤退せざるを得なかった。

城を獲得したナルヤ王国軍は、彼を追撃するような愚かなことはしなかった。

悔しさに叫びながらアドニアはひとり平野を駆ける。

そして息も切れ、無力さに座り込んだ彼の前にひとりの男が現れた。

＊

アドニア・グレバディア。
プレネット・グレバディア公爵の嫡子（ちゃくし）で、大陸で五人しかないS級武将のひとり。
［アドニア・グレバディア］
［年齢：24歳］
［武力：109］
［知力：61］

［指揮：84］

S級といえば、百人力どころか万人力の能力を持つ存在だ。

そんな男が今俺の目の前で敗北に打ちひしがれていた。

「ひとりでよく戦ったと言いたいところだが、城を落とされるようじゃダメだな」

「なんだよ、お前は！　俺を笑いに来たナルヤの犬か？」

「おいおい犬って。それなら俺は問答無用でお前を殺してるさ」

俺は首を横に振った。

「ナルヤは無関係だ。俺はただお前に助言しに来ただけだ、アドニア・グレバディア」

「助言しに来ただと？」

アドニアが不審げな顔をする。

「そうだ。いくら強くてもひとりの力でできることには限界がある。いくら父親が嫌でも、強い部隊と有能な戦術家がいなければ守れるものも守れない」

「なんでお前がそんなこと知ってるんだ！　まさか親父に言われて来たのか！」

アドニアは俺を睨みながら立ち上がった。

「いいや。ただ助言をしに来ただけだ。父親の元に帰れ。国を守りたければな」

俺の話にアドニアは首を横に振った。

「助言だと？　笑わせるな。大体、敵にはバルデスカという参謀がいると聞いた。ガリントは多分そいつには勝てない。ずっと戦線は押され続けている。俺が参戦したって、何が変わるっていうんだ？」

「じゃあ、なんでこのジェイランの戦場に来たんだ？」

「ジェイランに家族がいるからだ。ここがやられたら、ナルヤの兵士たちが俺たちを危険に晒す。俺は今から家族を連れて逃げるつもりだ」

「国を捨ててか」

「それは……！」

「君がいるなら、状況は必ず変わる。断言する」

「そんな大げさなことを言うなんて、お前は何者だ？」

「エルヒン・エイントリアン。俺の名前だ」

「は……？」

アドニアはとても驚いた顔で俺を見た。

「エイントリアン……？　確か最近できたばかりの国の王の名だったはずだ。そこの王がなんで……ここにいるんだ？　でたらめ言いやがって……！」

「君に会おうと思って来たのだ。ケベル王国を守るためには、君が必要不可欠だからな。今は家族を連れて父親の元にとりあえず帰れ。父親とはしばらく休戦したほうが良いだろう。仮に他国に逃げるとしてもお前ひとりなら問題ないだろうが、妻子はどうするのだ？　よく考えてみろ」

俺はそう言い残して立ち去った。

アドニアは口をつぐんだまま、ただ唖然としているだけだった。

＊

結果的に、アドニアは俺の言葉に従って家族を連れて王都に戻った。

プレネット公爵はおそらくアドニアを繋ぎ止めるために彼の妻と息子を認めるだろう。戦争が終わった後に、再び言うことを変えてでも。いわゆる妾にして正妻を別に迎えろと。

戦争が終わった後にまた不和が生じるのは、俺としてもかまわない。

もちろんケベル王国軍にアドニアが合流したとしても即座に大きな変化はなかった。

アドニアが言ってたように、ガリントはバルデスカには勝てない。

さらにナルヤにはカシヤがいた。ふたりの男は直接的に戦わなかったが、そのためにさらにケベル王国の戦線だけが急激に崩れていた。その戦線は、いつの間にかケベル王国の王都に近づいていた。

残る領地は王都を囲む三つの領地、すなわちミドレット領、ヘベレット領、ユゲナ領だ。

おそらくケベル王国でもこの危機的状況をちゃんと理解しているだろう。

そんな状況で、俺はヘベレット領を守るアドニアの軍営を訪れた。

「あんた……いえ、エルヒン殿。あなたは本当に神出鬼没だな」

「どうだ？　俺の言う通りにいったん帰ったほうが良かっただろう？」

「それはその通りだったが……状況は変えられなかった……！　王都が陥落すれば結局家族も国も失うことになる！　やはりあの時逃げておけば……」

「それは違う」

俺は彼の言葉を遮った。

「今回来たのは、状況を変える方法を教えるためだ」

「その方法とは一体？」

「エイントリアンに援軍を要請しろ。うちの軍が合流すればナルヤに勝てる」

「エイントリアンに、援軍を？」

突拍子もない話だと思ったのか、アドニアは素っ頓狂な声を上げた。

「そうだ。俺たちはすでに援軍を送る手はずを整えている」

「エイントリアンがナルヤに二度も勝ったということくらいは知っている。しかし、あなたの言うことが事実だとしても、一体なぜだ？　このタイミングでそんな申し出をしてくる理由がわからない！」

「もちろん、こちらにとっても利益があるからさ」

そう、非常に大きな対価が得られる。

「ナルヤの兵力をこのケベルで確実に減らせば、それは俺たちにとっても好都合。ナルヤの勢いをくじけば、ルナンの地を取り戻すことも簡単になる」

「……そうか、いや、なるほど」

俺がうなずくと、アドニアはついに納得したようにうなずいた。

「援軍に対するケベルからの対価は必要ない。我が国の目的はナルヤを退けること。だがあくまでも我々は援軍だからな、兵糧の支援は要請する。もちろん、君の父親とエイントリアンには確執があるから、助けを求めようとするかはわからないが」

「ああ、それが問題だな……」

今までの経緯を知っているのか、アドニアは後頭部をかいた。

「だから君がプレネット公爵を説得しろ。多分、ガリントが横で助けてくれるだろう。戦線がずっと押されている状況では、聞き入れるしかないからな。説得できたなら、次は俺の軍隊が来るまでこの戦線をしばらく維持する方法を教えてやろう」

アドニアはじっと俺を見つめた。

「その話が本当だとして、問題は俺があなたを本物のエルヒン・エイントリアンだと確信できないという点だ」

確かにそれは重要な部分だった。俺はシステムで人物を確認できるが、アドニアは俺を見たことがない。

「ちょうどガリントを作戦会議のために喚んでおいたんだ。あなたとは戦場で会ったことがあると彼から聞いている」

その言葉と同時に、外からアドニアの幕舎(ばくしゃ)にひとりの男が入ってきた。

「なぜここにエイントリアンの王が？」

アドニアに用があり、偶然幕舎に来たガリントは本当に面食らったような表情で、アドニアに尋ねる。

アドニアはゆっくりとうなずいた。

ガリントは思わず後退(あとずさ)りした。ラミエ王国軍を倒した俺の姿が印象的だったようだ。メデリアンのおかげで、その効果はより劇的だった。

「ど、どうしてあなたがこんなところへ……い、いえ、エイントリアンの王様にご挨拶(あいさつ)申し上げます！」

ガリントは素直に頭を下げた。自分たちの王ではないが、最大限の礼節をもって挨拶をしたのだ。

すると、アドニアは信じられないという顔で笑い始めた。

「……あははは！　あなたが本当に……あのエイントリアンの王ということですか……！　本当に……？」

＊

「こんなにも……こんなにも力の差があったのか！」

プレネット公爵は、押され続ける戦線に困惑した表情で叫んだ。

このままでは国がつぶれてしまう。

ケベル王国はルナンとは違った。軍隊が腐ってなどいない。まともな軍隊を保有していた。それなのにこうだ。

「……くそ！　黙ってないで、何か策はないのか！　策は！」

ケベル王国軍の首脳陣も何も言えなかった。どのような策をもってしても、尽く(ことごと)バルデスカに破れるばかりだったからだ。

プレネット公爵は頭を抱えるしかなかった。

これ以上戦線が押されれば王都まで敵が進軍してくることになる。それだけは絶対に避けなければならなかった。

そこへアドニアが声を上げる。

ふたりの確執は未だ解消されてなどいなかったが、そんなことで諍い合っていられるほど悠長な状況ではなくなっていた。

「今からでも援軍を要請するべきです、父上！」

「援軍だと？　ラミエのやつらも逃げたのに、どこに援軍を要請するというのだ！　周辺諸国へはすでに援軍を要請したが、どこからも返事さえ来なかったんだぞ。あいつら、みんなケベル王国はとうに滅びたと思っておるわ！」

プレネット公爵は手をぶるぶる震わせながら言った。

「援軍を要請していない国が一つ残っているではないですか」

アドニアの言葉に、プレネット公爵がすぐに答えた。

「どこだ？」

「エイントリアンですよ、父上」

「エイントリアン？　エイントリアンだと……なぜあんな国に！」

「父上！　もはやあの国しか残っておりません」

「……あいつらはダメだ。あいつらは敵だ！　敵に援軍を頼むなど！」

プレネット公爵は首を横に振った。

「殿下、彼らも今回の戦争に関心があるのは事実です。エイントリアンとナルヤは宿敵同士。兵糧の支援を条件にすれば援軍を送ってくれます。何より彼らもナルヤを倒したがっています」

そこでガリントが助け舟を出す。

「……それはどういう意味だ？」

「エイントリアンはナルヤに奪われた旧ルナン領を取り戻そうと考えています」

「しかし、いくらなんでもあいつらに頭を下げて兵糧まで支援して連れてくることはできない！　あっちが頭を下げるのならまだしも！」

「しかし、殿下……彼らはこの戦いに参加しなくても機会があります。ナルヤがラミエに攻め込めばその時は彼らと同盟を結ぶこともできます」

「貴様、黙らんか！」

プレネット公爵はガリントを睨みながら首を横に振った。

しかし、翌日も敗北は続いた。状況がこうなってしまうと、プレネット公爵はエイントリアンへ援軍を要請しなければならなくなった。プライドを気にしている場合ではないことを認めたのだ。

深夜、ガリントを呼び出した。

「やつらを確実に喚び出せるのか？」

「はい。エイントリアンは必ず来ます。何としても王都だけは守らねばなりません。王都で彼らが来るまで耐えさえすれば、状況が変わります！」

「……」

「今は確執を気にしている場合ではありません。ナルヤを退けるのが先です、殿下！」

エイントリアンの強さをしっかりと目の当たりにしたガリントは、戦局を好転させる突破口はエイントリアンしかないと考えていた。

「すぐに喚べ！　いや、要請しろ。兵糧くらいはくれてやろう！」

いくら考えても縋れる藁がそれしかなかったから、試してみるしかなかった。座してすべてを失うよりマシだったからだ。

＊

「使者がエイントリアンへ向けて出発しました。明日中には届くでしょう」

「そうだろうな」

アドニアの言葉に俺はうなずいた。

いよいよ時が来た。

新エイントリアン王国軍の新たな威容を大陸全土に披露する時が。

「では我が軍が到着するまで戦線を維持できる方法を教えてやる。ここからが本物の戦争の始まりだ。アドニア、君のような男がまともな戦略家と組めばどれほど強くなれるかを今から教えてやろう」

＊

ケベル王国占領戦。

王都を前にした三つの領地をめぐって、熾烈な攻防戦が繰り広げられていた。

この戦線を突破すればすぐに王都だ。ケベル王国にとっては必ず死守しなければならない戦線だったが、戦況は圧倒的にナルヤ軍有利だった。

ナルヤ軍を指揮しているのはバルデスカだ。

「大変です！　総参謀！」

ナルヤの立場としては、非常に順調な状況だった。予想外のことが起きるような変数はほとんどなかったので、バルデスカは疑問に思って振り向いた。

「落ち着いてください。参謀がそんなに大げさな言動をすれば兵士たちはどう思うでしょうか？」

総参謀の下には多くの参謀がいる。伯爵家出身のこの参謀は、バルデスカの言葉に周囲を見回した。

「も、申し訳ございません！」

「まあいいので、落ち着いて話してみてください。大変なこととは、どういうことですか？」

バルデスカが尋ねると、「申し訳ない」と言ったことも忘れて、また焦った顔で口を開いた。

「補給部隊が襲撃されました。本日早朝、戦線に向かっていた主力補給部隊が壊滅したという報告です！　壊滅です、総参謀！」

「どういうことですか？　詳細の説明を。ケベル王国に我が軍の後方襲撃に割ける兵力はないはずです。いや、その前に補給部隊の経路をどうやって知ったというのですか？」

「それはまだよくわかりません。補給ルート自体が多岐に渡って行っているので、他の補給部隊は無事ですが……」

現在、補給ルートは大きく分けて三つ。補給物資は現在後方のレメネット城にあり、そこに配置した兵力は5万を超えた。

レメネット城から前線に補給を送っていたので、その短い距離に敵兵が出没するのは難しいことだった。偵察隊が目をそらしたのではないのなら。

「総参謀！　大変です。他の補給部隊もやられたようです！」

次から次へと入ってくる報告に、バルデスカは怪訝な表情になった。

「一体どんな部隊にやられたというのですか？」

「それが……たったひとりだそうです……」

報告した副官は自分で話しながらもありえないと思うのか、自信なさげな目をしていた。そう報告を受けたから伝達しているが、ひとりだなんて。

しかし、逆にバルデスカはむしろ状況を把握できた。こちらに気取られることなく大軍を壊滅させられるだけの戦力を動かすことなどできない。

各偵察隊が兵力の動きを見逃したとは思わなかった。それほど無能な軍隊ではない。そのため、ケベル王国軍が兵力を別に割いて補給部隊を攻撃することはありえない。

逆に、ひとりなら可能だ。

バルデスカは眉をひそめて地図に近づいた。自動的に他の参謀が彼のそばに集まった。

「補給路を断てるような人物などたったひとりしかいません。アドニア・グレバディアでしょう。一応確認はします。アドニアの顔を知っている捕虜を連れてきてください」

「はい、総参謀！」

「あ、ちょっと待ってください。イスティンさんとルカナさんは、彼と接触したといっていましたね？」

彼らを呼ぶのはためらわれた。

彼らを連れてくれれば、戦線一つが後ろに押されることになる。

「いや。とりあえず捕虜を連れてきてください」

「はい！」

捕虜を通じて敵の風貌を確認した結果、補給路を狙っているのがアドニアだという確信を持つことができた。

だが確認できたところで阻止するまでには至らない。

最初の報告から数日、戦線に補給する兵糧に確実に支障が生じ始めた。

補給物資を全部戦線に置くことはできない。機動性が著しく落ちるからだ。占領した城の中で最も安全なところに物資を集めておく方法が一般的だ。そこから戦線まで移動する補給物資が攻撃を受け続けていたため、戦線に影響を及ぼし、攻撃が一時的に中断するに至った。

食べなければ、士気が著しく落ちる。空腹で力が出ないのはもちろん、精神的な影響まで発生する。戦争の90％が円滑な補給という言葉があるほどだ。

補給部隊は戦闘部隊より弱い。そんな部隊をS級武将が攻撃すれば、当然被害が甚大にならざるを得なかった。

だが被害が続いたことで、むしろ次に狙ってくる場所が分かってくる。

バルデスカは参謀たちを集めて対策を伝えた。

「十武将を喚んで来てください。罠を張らなければなりません！」

補給を断ち切れば一時的に軍の勢いを挫き膠着状態を作ることができるかもしれないが、それは時間稼ぎにしかならない。

いや、むしろ失策というべきだろう。

補給部隊を攻撃するという考え自体は素晴らしかったが、それをしたのがアドニアとなると……。

「つまり、補給部隊が襲撃されている間、ヘベレット城にはアドニアがいないという意味です。二兎を狙います。私が十武将と一緒にアドニアを相手にします。その間、全軍はアドニアが守っていたヘベレット領地を占拠してください。アドニアひとりで持ちこたえていた場所です。すぐに落とせるでしょう。わかりましたか？」

「はい、総参謀！」

そうして作戦会議をしている最中、王から急報が届いた。

「総参謀！　陛下が、陛下がいらっしゃるそうです！　前進を止めてアドニアを相手にするとのこと！」

「ああ……陛下は以前からケベル王国のS級武将にかなりの関心をお持ちでしたからね」

その報告にバルデスカは眉をひそめる。わざと皇帝とこの男が会わないようにしていたからだ。

カシヤがアドニアに負けるとは全く考えていない。だがしかし、万が一にも戦場に何かしらの変数が現れてはならない。

現在、王は王都に突撃する部隊を率いていた。それさえも補給のせいで支障をきたしていたが。

ただでさえアドニアの噂を聞いて「そいつを相手にする」と言うのを、辛うじて王都占領が先だと説得したばかりだった。

現在、三つの領土を攻略してそこにケベルの視線を集中させている間に、カシヤが直接王都を襲撃する計画を立てていた。しかし、たったひとりに補給部隊がやられているという話が彼の耳に入ると、性格上絶対に黙っているはずはないだろう。

「……その前に捕まえなければなりませんね」

カシヤが乗り出して来て自分がアドニアの相手にするから全員退けと言われたら、罠も何も使えなくなる。あくまで罠でアドニアを捕まえるのが最高だった。

もちろん、こうした一連の動きで進撃の勢いは確実に衰え、戦線は小康状態に入ったことは確かだった。

＊

「つまり、これからは交代するということですか？」

俺が調査した補給路を襲撃し大きな成果を上げていたアドニアが尋ねた。

バルデスカは馬鹿ではない。このままアドニアを動かし続ければ、かえってこちらが危険になる。

「そうだ。君はまたヘベレットに戻るんだ。そっちに全軍が押し寄せる可能性があるから、君が行って全力で阻止しろ。持ちこたえていれば……十分に時間は稼いだから、もうすぐエイントリアン軍が到着するはずだ」

「それではエルヒン王はどうされるので？」

「君と交代して君のふりをして目を引こう。とにかく時間を引き延ばす。まだバルデスカは俺が裏で介入しているとは知らないからな」

「バルデスカは私を相手にすると思って全力を尽くして……私が不在だと思ったヘベレットを攻めたら反撃にあうと！　ハハハハ！」

アドニアは何だか奇妙に笑い始めた。

「どう考えても、ナルヤよりあなたのほうがもっと危険じゃないですか。まったく、鳥肌が立つ。何でもかんでもあなたの思い通りだ。思わず笑ってしまいますよ。我々の同盟なんてどうせ一時的なもの。あなたは最終的に、ケベルの敵になるのでしょうね」

アドニアは俺から視線を逸らさなかった。

「まあ、将来そうなるだろうということを否定はしないが……でも今は今だ。まずケベルを守ってから考えるべきことだろう？　各自の目的がはっきりしているからな。それとも今俺の首を取っておくか？」

俺の言葉にアドニアは首を横に振った。

「仕方ありません。ですが……将来俺はあなたをこの国に招き入れたことを笑いながら後悔するでしょうね」

そういってアドニアは笑い声をあげた。

＊

「この道を補給部隊が通るように命令しましたね？　確かに確認しましたか？」

バルデスカの言葉に副官がうなずいた。

「問題ありません。何度も確認しました」

「それでは引き続き監視してください」

「はい！　総参謀！」

バルデスカは副官に命令を下し、隣のイスティンを見た。イスティンは何も言わずにうなずいた。ルカナが負傷中なのでイスティンだけを連れてくるしかなく、コミュニケーションには少し問題があった。しかし、今まで自分の命令を誤解したことはない。

むしろ問題は……。

「お兄ちゃん、私は？」

「お前はしばらく私の元を離れるな」

「ええ～つまらない！　私も戦いたいんだけど！」

落ち着きのない妹だ。バルデスカは額に手を当てた。しかし、アドニアの動きをしばらく止めるためには、メデリアンとイスティンのふたりが必要だった。

バルデスカは補給部隊を追いかけていた。

部隊を連れて動くことはできない。人目につく。敵に気づかれて襲撃されないのでは困る。そのため、イスティンと副官ひとり、そしてメデリアンという小規模の精鋭を選んだ。

もちろん、正面から対決をすれば、イスティンとメデリアンがいるとしてもアドニアの方が有利だろう。

例えば、イスティンとメデリアンがカシヤを相手にする？

良い勝負にはなるが勝利することは叶わない。自分が含まれても結果は同じだが、一つ条件がつくと話は変わる。

一般的な罠では、S級を倒すことができない。だからあのアドニアも罠を恐れず襲撃しまくっているのだ。しかし、その罠がマナの陣となれば話が変わる。

補給部隊を追いかけながら実際に襲撃が再び行われれば、イスティンとメデリアンを送って封印の陣を使うつもりだった。

封印の陣。

関門の際にも使用したが、領域を狭く限定すれば、大範囲の時よりも多くのマナを込めることができた。

バルデスカが封印の陣を解除するか、持っているマナを全て消費するか、それまで封印の陣の外へは出られない。

殺すのではなく、閉じ込める。

アドニアのいないケベル王国は相手にするまでもない。

もちろん封印の陣はそう何度も使えない。この戦争ではこれが最後の一回になるだろう。

だが問題はない。

またたとえエルヒン・エイントリアンが出てきたとしても。

どうせあの男は封印の陣を解除できる奇怪な能力を持っているのだから、対エルヒン戦を念頭に封印の陣を温存しておく必要もなかった。

「総参謀！　襲撃です！」

そしてついにエサに食いついた。バルデスカはイスティンとメデリアンを見た。視線を交わした彼らは、補給部隊に向かって走り始めた。

＊

正体を素直に現す必要はなかったので、アドニアの服を着て顔を仮面で隠したまま補給部隊を襲撃した。

昨日壊滅させた補給部隊には、何の罠も用意されていなかった。

それはむしろ良い。

バルデスカが現れないほど時間を引き延ばすことができた。

この寸劇(すんげき)はバルデスカが現れるまでだからな。

もうすぐエイントリアンの部隊が到着する。兵糧をケベル王国が支援することになったため補給部隊が含まれておらず、通常よりも早く進軍できた。

なんなら既に十分な時間稼ぎはしたといえる。

それでもこの寸劇を続けるのは、一日でも多くバルデスカをここに留めておくのが戦線にとって有利だからだ。

バルデスカはまだこっちにアドニアがいると思っているはずだから、アドニアがいなくなったヘベレット城に残りの十武将を派兵したはずだ。

バルデスカがこっちにいる以上、ヘベレット城に進撃した敵の群れをアドニアがかなり減らすことができるからだ。

バルデスカという脳と、心臓である王カシヤ、ふたりともいないナルヤ王国軍は普通の軍隊に過ぎない。アドニアは十分に有利な状況を形成することができる。

俺は［攻撃コマンド］を連打して補給部隊を壊滅させていく。

「奇襲だ！」

「殺せ！　敵だ！」

補給部隊は緊密に動き始めたが、たかが補給部隊だ。

危険を感じる必要はどこにもなかった。

しかし。

敵はどうやらこれ以上待ってくれるほど寛大でもなかったらしい。

遠方からやってきたバルデスカとメデリアン、そしてイスティンの姿が目に入る。

さて、逃げなければ。

*

「あいつです、総参謀！」

「わかりました！　作戦を始めてください！」

バルデスカはうなずいてイスティンとメデリアンを見た。そして自分はマナの陣を準備しようと馬から降りた。

「え？」

しかし、副官たちが同時に疑問の声を上げた。バルデスカも慌ててまた馬に跨る。突然アドニアだと思った人物が逃げ始めたからだ。

イスティンは「追撃しますか？」という疑問を込めてバルデスカを見た。

「追撃します！」

バルデスカはうなずきながら命令し、イスティンとメデリアンが逃げる敵を追撃し始めた。

「ところで、あのアドニアという男、普段も仮面を被っていましたか？」

最初から仮面を被っていたなら、外見的特徴を知ることもできなかったはずなので、疑問に思ったバルデスカが副官に尋ねると。

「いいえ、そのような報告は受けておりません」

あまり嬉しくない返事が返ってきた。

良くない感じがした。背筋に冷や汗が流れる。

「すぐにイスティンとメデリアンを撤収させなさい！　今すぐ！」

あえて仮面を被る必要がないのに、仮面を被った。そして自分たちを見るやいなや、逃げ出した。

こちらを見るやいなや逃げたということは、自分たちの顔を全部知っているという意味になる。遠くからでも確信できるほど。

嫌な予感がする。

「総参謀？」

「何かがおかしいです！　急いでください！」

「わ、わかりました！」

バルデスカの言葉に、一緒に来た副官たちが馬を急き立てて駆けつけた。

「補給部隊は陣形を整え、予定通り前線に向かわせてください。前線の物資が不足しています」

「あ、わかりました。総参謀！」

補給部隊長に命令を下した後、バルデスカも副官の後を追った。ひとまず彼らと再び合流する必要があったからだ。

仮面を被っていること自体が怪しすぎる。

まさか……我々を追わせることも敵の策……？

いや、でもケベル王国のS級武将はたったひとりなのに……？

突然の疑問に、バルデスカは頭を撫でた。

仮にあの仮面の男がアドニアでなかったとして、一体誰が？　補給部隊をひとりで壊滅させられる武将などケベル王国には他にいない。なので、アドニアでなければ相手は限られる。

そしてバルデスカが知っている限り、こんな策略を使う人物はただひとりだった。

もし、彼が既に介入しているのなら？

バルデスカはこの戦争が簡単に終わるとは思わなかった。エイントリアンが介入しようとするだろうと最初から予想していた。

だがしかし、もうケベル王国に介入していたとは……。

「……しまった！」

そこでバルデスカは気づく。アドニアがここにいるのでなければ、どこにいるのか。

王までこちらに来ている状況ではヘベレット城に向かった十武将たちが危険に陥ることになる。

　今重要なのはこの場所ではなかった。

　バルデスカはひとり進路を変える。

　ヘベレット城攻撃部隊に伝令を送るのが何より先だったからだ。

＊

　メデリアンは敵を追いかけながら首を傾げた。逃げる後ろ姿が見覚えのあるものだったからだ。

　あの後ろ姿を追って数時間も走った記憶が蘇ってきた。変装して仮面をつけていたって間違えるわけもない。メデリアンは絶対に勘違いであるはずがないという確信を持ち始めた。

「イスティン、止まれ！」

　メデリアンは馬を止めた。そして、横で一緒に走っていたイスティンに命令した。

「あんたはお兄ちゃんを守りに行って。多分もう遠すぎて、そもそも封印の陣を展開することと自体が無理よ。私はどこに逃げるか確認してから合流するから、先に行って」

　メデリアンがそう言うと、イスティンは訝(いぶか)しげに瞬きをした。

　バルデスカがひとりでいるのも事実だ。しかしだからといって追いかけろという命令を破るのは困った。軍令の重みはとてつもなく重く、それをむやみに破ることはありえないことだった。

「ちょっとイスティン！　私の命令が聞けないっていうの！」

イスティンが逡巡（しゅんじゅん）しているとメデリアンが怒り始める。

だがそこへバルデスカの副官が到着した。

「メデリアン様！　イスティン様！　今すぐ撤収しろという命令です！」

その命令を聞いて、ようやくイスティンは馬の向きを変えた。しかし、メデリアンは首を横に振った。

「撤収はいいけど、とりあえずどこに逃げるか確認してから行くとお兄ちゃんに伝えて。あなたたちは先に戻ってて！」

メデリアンは満足そうな表情で馬の向きを変えた。

「お待ちください、メデリアン様！」

自分を呼ぶ副官の声は無視した。

相手が残した馬の蹄跡（ていせき）だけを追いかけて行かなければならない状況だった。

＊

北にいつまでも走ることはできなかった。もう一度補給部隊を攻撃するか、それとも戻るかという問題が残るが……。

結論は「これくらいならいい」だった。補給部隊をさらに攻撃しようと思ったが、かえって問題が生じかねない。時間は十分に稼いだので、帰るのにちょうどいい頃になる。

そのため、俺もまた馬の向きを変えた。さっき戦った反対側の道に迂回するつもりだった。

それに……おそらくすぐに逃げたからバルデスカもすべてを理解しただろう。

きっと今頃はヘベレット城へ駆けつけているはずだ。あっちも急いでいるはずだから、出くわすことはないんじゃないだろうか？

「……」

と思ったところで、非常に見慣れた女性が目の前に現れた。

「見つけたー！」

何を見つけたって？

「やっぱりあんただったわね！」

「……あんたって誰ですか？　わからないんですけど？」

まだ仮面を被っていたのでとりあえずシラを切ってみた。すると、メデリアンは手を自分の口に当てて「プッ！」と吹き出す。

「かわいいところもあるじゃない！」

「……それはどういう意味だ？」

さすがにもうシラを切ろうという気持ちもなくなった。

それにしても敵に向かってかわいいとは？　一体何を考えているのかわからない。

「声からして隠せてないのに、仮面一つ被っただけで違うって言い張るんだからかわいいじゃない！」

呆れて俺は仮面を取った。

「そんな何回も会ってないのに、声まで覚えているものか？」

「あんたは覚えてないの？」

メデリアンは突然顔をしかめた。

「いや、覚えてるよ。お前もかなり変わって……」

「そう！　フフ。お互いに覚えてるならいいのよ！」

何がいいんだ？　言葉を遮りながら再び笑い出したメデリアン。またこいつと戦わなければならないのかと思ったが、どうもそういう感じではないらしい。

撃退するだけなら可能だ。すでに彼女に勝てるということは証明したからだ。まだ大通連を使っていないので、制限時間にも全く問題はなかった。

「ところで、どうしてあんたがここにいるの？」

「それは、多分すぐわかるさ。だから、別に戦うつもりがなければいったんここを見逃してくれるとありがたいんだが」

「なんで？　嫌よ」

メデリアンは心底嫌そうな顔で首を横に振った。

「嫌って……それじゃあまた一戦交えようってことか？」

「それは望むところだけど！　でも今は嫌。負けたら実家に飛んでいっちゃうから」

また首を横に振る。いや、敵に会ってただお互いに見て見ぬふりをして通り過ぎるのも嫌だし、戦うのも嫌だったら、どうしろと？

「じゃあ、どうするんだ？」

「あんたについて行くわ！」

「……ちょっと、メデリアンさん？　俺はおそらくナルヤと戦うことになるんですが。もしや裏切るということですか？」

思わず敬語で尋ねてしまった。

肩を大きくすくめると、メデリアンは突然また明るい顔になった。

「私たちと戦うって？」

「そうだ。俺がここにいる理由はそれだからな」

「本当に？　本当に、私たちとあなたが戦うの？」

「そうだって」

「フフフ、いいわね！　そういうことなら構わないわ。ついていかない」

ころころと言うことを変えるな。

「戦場で会えるのよね？」

「多分そうなると思うけど、おい、ちょっと待て」

「じゃあ、今はお兄様の命令を聞いておくわ。あとで命令違反しちゃうかもしれないからね！」

まったく理解できないことを言い、メデリアンは馬の向きを変えて去って行った。

彼女の背中にある剣が空に浮かぶことは最後までなかった。

「……何なんだ？」

わけのわからない状況で、俺は頭が痛くなった。

バルデスカは非常に危険な存在だが、ある程度は行動を予想できる。ところが、あいつはこの前から到底予想ができない存在だった。

まぁ、とりあえずメデリアンのことは置いておこう。

あの忌々(いまいま)しいバルデスカ家の宝具がある限り戦っても意味がない。

理解できないことを理解しようとするだけ無駄だ。

＊

「殿下！　エイントリアン軍が向かってきているとのことです！」

ガリントの報告に、プレネット公爵が王都の城壁に上った。プレネット公爵としては、確かに強い軍隊が必要だったが……。

だからといって、強すぎる軍隊ならむしろ憂いになるので楽しいことは全くなく、そのため自分の目でエイントリアンの援軍の状態を確認したかった。

「あれは……あれが君の言う槍騎兵か」

「そうです、殿下……。非常に危険ですが、味方としては頼もしい存在です。あの先頭にいるのがエルヒート・デマシン。武力としてはアドニア様には劣りますが、その指揮力では大陸でも有数の実力者です」

普通の兵士とは見るからに練度が違う。さらに装備にも差があった。その様子を見ると、ケベル王国の兵士たちは固唾を飲んだ。

これが援軍でよかったと思いながら。

＊

「ただいま～……？」

メデリアンがバルデスカの指揮幕舎に顔色を窺いながらこっそりと入っていく。

だが当然、バルデスカは命令を破った妹に向かい、叱責を込めて叫んだ。

「……メデリアン！」

「違うの！　命令を破ったんじゃなくて、怪しすぎたからもう少し正体を調べてきたのよ！」

強く主張する姿に頭が痛くなったバルデスカは、額を押さえてため息をついた。

「それで、追撃は成功したのか？」

「うん……なんとかね！」

バルデスカの気持ちとは裏腹に、メデリアンはただ明るかった。明るすぎて、その明るさの理由が簡単に想像できた。

「お前の反応を見ると、やはりあの男だったんだな」

バルデスカが確信を持って言うと、メデリアンはすぐにうなずいた。

「そう！　この戦争、面白くなりそうよ。それにもう一度エイントリアンまで行かなくってもいいの！」

今度こそバルデスカはがっくりと肩を落とした。メデリアンが一体何を考えているのか読めなかったからだ。

彼の味方になりたいとかそういう理由ではなさそうだ。

いや、まさか彼に惚れたとか……？

さすがのバルデスカも、ここまでくると妹が宿敵に恋心を抱いているのではないかと思い立つ。

しかしメデリアンは、むしろ敵として現れたことを喜んでいた。

戦争とは関係なく実の妹なのでこの辺については特に心配になる部分だった。自分の妹は、一体エルヒンに何を望んでいるのかという疑問がさらに大きくなる。

ドンッ！

バルデスカは額を自分の執務室の机に打ちつけた。

「じ、じゃあ行くわね！」

その姿を見るやいなやメデリアンは逃げるように消え、バルデスカは頭を掻きむしった。今は妹の問題より、もっと重要なことがたくさんあった。これは後で気にする問題だ。

本当の問題は、エイントリアンと再び対決することになったということ。

今回はナルヤの全戦力を投入している。

切り札であるメデリアン、カシヤ両名もいる。

この戦いだけは絶対に負けられない。

もう一度ドンッと机に額を打ちつけて、バルデスカは雑念を取り払った。

＊

敵の補給を断つ奇襲には、アドニアが非常に効率的だった。しかしそのアドニアを無力化する方法が敵に生じた以上、もう試みることのできない作戦となった。

そのため、すべての作戦を新たに構築した。

問題は俺が直接前面に出ることはできないということだ。これは征服戦争ではない。あくまで隣国からの要請による支援だ。そこに王が直接乗り出すことは、色々と問題があった。

援軍の総大将は、表向きにはエルヒートだ。

その総大将を補佐する参謀がヘイナ。プレネット公爵の血圧が上がるだろうが、だからこそわざと彼女を選んだ。

俺は前面に出ず、ユセン率いるエイントリアンの後方部隊に合流しケベルの王都に入城した。

　今回の戦争に参加させた援軍の数は計6万。

　エイントリアン本国を守る武将には、フィハトリを任命した。俺がいない時の万が一の状況に備え得る人物としては、フィハトリがちょうど適任だったからだ。

　援軍に入れたのは、彼を除いた武将のうちエルヒート、ジント、ヘイナ、ユセンとギブンだった。

　第一軍と第二軍に軍を分け、第一軍はエルヒート、第二軍はユセンが率いるようにし、先に王都入りしたエルヒートの後にユセン率いる第二軍と俺が王都に到着したのだ。

　王都の城内に援軍が入ることができなかったので城の外に駐屯地(ちゅうとんち)を設営し、主要人物はケベル王に謁見(えっけん)するために王宮に移動した。

　俺のそばに残ったのは、ジントだけだ。

　ユラシアは俺と一緒にケベル王国に来たが、別の任務を頼んで別れた。俺は無口代表の、いるのかいないのかわからないジントを横に置いたまま地図を広げた。

　当たり前だが現在ケベル王国軍の状況は良くなかった。30万人もの大軍を持っていたが、今はなんと15万人に減ってしまった。今はそこに我が軍が合流したから合計21万。数ではナルヤ王国軍に勝っている。

　そもそも籠城(ろうじょう)戦、つまり城を守る立場であるにもかかわらず敗戦を繰り返すということは、兵士に問題があるのではなく、指揮官に問題があるという意味になる。

おかげで戦線は後退し続け現在は王都前の三つの領地をめぐってナルヤ軍と対峙していた。

ミドレット領、ヘベレット領、ユゲナ領。

つまり、この三つの領地が最前線である。

ナルヤ王国軍は大体6万ずつに軍を分けて、この三つの領地を攻略中だった。

補給路を襲う後方での攪乱、そして我が軍の合流によりあれだけ攻勢を強めていたナルヤ軍を一旦は抑えることに成功した。今は小康状態。

ここからは向こうも作戦を変えざるを得ないだろう。

今までの作戦はアドニアのおかげで推測できた。アドニアが補給部隊を攻撃していた時、最前線にはナルヤ王カシヤがいなかった。

後方から来たバルデスカと十武将の中にも、カシヤの姿はなかった。だからといって、三つの領地で繰り広げられる攻防戦に王が現れたわけでもない。それはつまり他の任務を遂行していたという意味になる。

おそらくはどこからか迂回して王都を奇襲する作戦ではなかっただろうか？

エイントリアン軍の参戦とアドニアの補給部隊への奇襲がなかったら、この作戦はまず間違いなく成功していただろう。

しかし、今は違う。

おそらくナルヤ王カシヤは自陣営へ引き返している最中だろう。そうなると全く違う策でくると想定しなければならない。

そのため、各戦線を回りながらシステムで敵の部隊構成を把握しておいた。これから敵が使うであろう手を読んで対処するためだ。

「ジント、ミドレット城にこれを置け」

俺は木で作った小さな馬をジントに投げた。その馬には、ナルヤ王国軍第二軍と書かれていた。ジントは言われた通りその木馬を地図上のミドレット城に置く。

第二軍の隊長はイスティンだ。ジェイランを陥落させた後、直ちにミドレットに進軍してきた。

「これはヘベレット城に」

第三軍の軍団長は、前回の戦争で死んだ十武将に代わって新たに十武将序列第3位になったブライケという武将が務めていた。

「それから、これはユゲナ城だ」

最後に第四軍は、十武将序列第4位のマルアンドが隊長を務めている。全員A級の武将だ。

十武将序列第9位と第10位は、B級最上位の武将のようだが。

ナルヤは序列第1位のメデリアンが実質的にS級の能力を出すことができる。

ケベル王国軍を全体的に見れば、S級武将のアドニアひとりを筆頭に、ケベル四将軍と呼ばれる四人のA級武将がいた。そのうちのひとりルテカは南ルナンで俺に殺されて三人になったが。

そのせいでナルヤと戦うには武将が足りない。

第二軍と第四軍まではバルデスカが直接指揮し戦線を担っていた。

問題は第一軍だ。

この第一軍の先鋒隊長がまさにメデリアンであり、第一軍の軍団長は全軍総司令官でもあるナルヤの王カシヤだった。

この第一軍が再び戦線に合流したことで、現在ナルヤの総兵力は18万7千だった。兵力の数から見ても、投入された武将のレベルから見ても、大陸全土の耳目を集めている戦争であることには間違いない。

18万7千のナルヤ王国軍と21万のケベル・エイントリアン連合軍の戦争。

しかしこの程度の差なら、重要なのは数ではない。

いかにうまく兵を運用するかだ。

「あ、そうだ。ジントが鍛えてるダモンだけど、少しは使えるようになったか？」

「あいつなら……よく戦う」

　ふと思い出して尋ねた。

　先の戦争の時に得た幼い原石、ダモン。現在ジントに修練を任せており、今回の戦争に参加させた。ジントの部下としてだ。使えそうなら、それなりに重要な任務も任せてみるつもりだった。

＊

「あれがラミエ王国軍を撃退したという槍騎兵か」

「はい、殿下！」

　ケベルの王族でもあるヨハネット公爵がエイントリアン軍を視察した後、笑みを浮かべた。

　ラミエ王国軍を退けたのは伊達(だて)ではなさそうだった。

「プレネットがあんなに嫌っていたのに急に援軍を要請するなんて、本当に面白いことが起こるもんだな？」

「おかげで戦線がさらに押されるのを防げたので、幸いではありませんか」

「まあ、それはそうだ」

　家臣の返事にヨハネット公爵はうなずいた。すべての権力、すなわち実権をプレネット公爵が握っていたので、ヨハネットの立場から言えばプレネットが失敗することは何でも歓迎だった。

しかしその失敗のおかげで国が滅びるのは困るので、今の状況ではとにかく協力するしかない。

「それにしても疑問だな。いくら精鋭だとしても、彼らが来たからといって戦況が劇的に変わることがあるのか？　プレネット公爵があんなに自慢していたアドニアのやつが参戦したが、状況は全然変わっていないじゃないか」

「まあ……いないよりは確実にマシでしょうな。盾になってくれればそれで十分でしょう」

家臣の言葉にヨハネットもうなずいた。

「まあ、それはそうだろうな？　いないよりはマシだ。何より愉快だ。エイントリアンに援軍を要請したこと自体が、プレネットの敗北を意味している。それだけでなく、あんなに戦争の準備は完全だと騒いでいたのに、敗戦し続けているのだから……。今度の戦争に打ち勝つことができねばあいつは間違いなく失脚させせられるだろうに……」

「ガリントと会ってみましたが、我々にはアドニアがいて、ナルヤに勝ったことがあるエイントリアンと組んだのでここから十分ひっくり返せると言っていました」

「気に入らないのはプレネットだ！　やつがエイントリアン軍を率いて再び戦線に合流

するということだろう？」

「はい、殿下！」

「みっともないな。すでに敗退し続けている総大将だ。そろそその責任を取って指揮官を変えるべきだろう？　勝てるという確信さえあれば、敗戦の責任を問いただしてやつを王都に足止めし、我が家が功を立てるのが理想なんだが……」

これがヨハネット公爵の最大の問題だった。

実際にプレネットは立場に見合うだけの能力を持っている。口だけ達者な自分と違い、彼に能力があることを否定するつもりはなかった。

そんなやつがやり遂げられなかったことを、自分がやり遂げる？　それは当然不可能なことだった。ヨハネット公爵は自分をよく知っていた。だからこそもどかしく感じていた時、侍従長が彼に近づいてきた。

「殿下、エイントリアン軍から客人がやってきました。殿下にお目にかかりたいというのですが、どういたしましょうか？」

「エイントリアンから？」

突拍子もない客に、ヨハネット公爵は会話していた家臣に視線を向けた。家臣も思いあたることがなかったので、ただ首を横に振った。

「追い返しましょうか？」

その様子を見て侍従長が尋ねると、ヨハネットはしばらく考えてから首を横に振った。

「追い返すだと？　待て待て、援軍を無下にするわけにもいくまい。一応は会ってみないとな」

その命令に侍従長はうなずきながら退き、すぐに戻ってきた。

「殿下、はじめまして。ヘイナと申します」

現れたのはショートボブの髪をした凛とした女性だった。

どんな策略を使っても勝つのが勝者である非情な政治の世界。そこでエルヒンが政治で活躍するように送ったのがヘイナ・ベルヒンだ。

ヘイナこそ政治に最も秀でた人材だった。

「ヘイナと言ったか？」

「ええ、ヘイナ・ベルヒンと申します」

ヘイナの名前にヨハネット公爵は記憶を辿った。どこかで聞いたことのある名前だったからだ。

自分より身分の低い存在の名前などは、眼中にもない彼だったが、それでも記憶にあるということは特別な何かがあったからだろう。

自分のそんな偏向した記憶力についてよく知っているヨハネット公爵は、再びヘイナをじっと見つめた。しかし、見たことのない顔だ。それは確かだった。そのため、家臣のほうに顔を向けた。家臣はすでに何かに気づいたという顔をしている。

幸いヨハネットよりは高い記憶力を持っていたため彼に近づき囁いた。

「殿下、南ルナンの件でプレネット公爵に一杯食わせた……」

家臣の話を聞き、ヨハネット公爵は手を叩いて非常に嬉しそうにヘイナに接し始めた。

「其方がプレネット公爵に一泡吹かせたというあの参謀か？　もっと早く会いたかったぞ。プレネット公爵があそこまでしてやられたのは其方が初めてだろう！」

ヨハネット公爵はそう言いながら大笑いし始めた。

「お褒めいただき光栄でございます」

ヘイナは涼しい顔で答える。

口元に浮かべた微笑からは感情が読めない。

「それで、折り入ってお話がありまして。というのもプレネット公爵のことなのですが……」

その言葉に、ヨハネット公爵は瞬時に彼女のことを理解した。

つまり、ヘイナ・ベルヒンは自分に幸運を運んできた存在なのだと。

＊

「エイントリアン軍を最大限利用する。すべての戦場でエイントリアン軍を前に立たせろ！」

連合軍総大将になったプレネット公爵は、このような方針を立てた。

「父上、エイントリアンと相談して作戦を立ててはいかがでしょうか？」

アドニアがそうプレネットに建議したが。

「兵糧まで支援してやっているのだ、こちらの策に向こうが従うのは当然のこと。ガリントが立てた作戦に従って、エイントリアンを前面に出すことの何が問題なのだ？　お前こそあのみすぼらしい平民の妾と息子のことを考えるならつべこべ言わず従うんだな！」

プレネット公爵はただでさえエイントリアンが気に入らなかったが、プライドを曲げて援軍まで要請したので、より一層意固地になっている。

6万にも上る数が来たので、その軍隊を捨て駒として最大限利用するつもりだった。

「父上！」

アドニアはそんなプレネット公爵の考えに反対だった。しっかりとエイントリアンと作戦を相談しなければならないと思った。そこに再び妻と息子を持ち出されて、アドニアは激昂して叫んだ。

認めてくれたと思ったのに、まだ妾だなんて。自分は一度もそんなふうに考えたことがない。平民であることは重要ではない。自分の妻は今も、そしてこれからもひとりだけなのに。

「まあ、その話はもういい。戦争が終わってから話そう。いずれにせよ戦線が小康状態だというから、夜襲を試みる」

「夜襲とは？」

「あのエイントリアンの槍騎兵とかいうのを使ってみるつもりだ。平地で強いんだろう？」

またも大局を見ず兵を無駄に消耗するような策を練っている。

そのせいでこれまで戦線が押され続けてきた。援軍の6万が加わるからといって、同じやり方をしていては何が変わるだろうか？

意味のない消耗戦をする時ではなかった。戦局を変えるためには最終的な勝利までを見据（みす）えた戦略が必要だった。

「父上、考えを変えるべき時です。エイントリアンの中に、優れた参謀がいます。会議を開いて彼の話を聞いてみてはどうですか？」

「会議、会議か。良い案があれば聞いてやろう。だが、その前に能力を見せるべきだとは思わんか？」

アドニアはその時になってようやく気づいた。夜襲を決行しようとしているのは、エイントリアンを一度敗北させたがっているだけだと。むしろ一度敗戦を経験させて、自分の言葉を素直に聞かせようとする意図が見えた。

アドニアは拳を握り締めた。

この人はいつもそうだ。自分の高い武力もプレネット家を盛り立てるための道具として使っただけだ。実の子にもそうなのに、南ルナンでやられたことのあるエイントリアン軍を真の意味で頼ることなどありえない。

エイントリアン軍が来る前の危機的な戦線を王都まで押されないようにしたのは、エルヒンの作戦のおかげだった。そのうえ先にヘベレット城に戻っていたアドニアは無防備に突進してきたナルヤ軍を相手に久しぶりの大勝を収めることができた。ナルヤ軍はすぐに退却したが、あんなに清々(すがすが)しい勝利は久しぶりだった。

だから戦術こそが重要だというエルヒンの言葉には、全面的に同意していた。今のこの状況でプレネット公爵は必要ない存在、むしろケベル王国にとって害毒だったのだ。

「おい、どけっ！」

その時、外が騒がしくなった。ふたりの視線が自然に幕舎の外に向かった。

間もなく、小屋の中にひとりの男が入ってきた。

「ヨハネット公爵殿下？」

アドニアは思いがけない人物の登場に怪訝(けげん)な顔をし、プレネット公爵は虫ケラを見るような目をして眉をひそめた。

「ここをどこだと思っておる？　貴様の来る場所ではない。すぐに出て行け！」

プレネット公爵は脅しをかけたが、ヨハネットは終始笑いながら答えた。

そして手に持った書類を開く。

「プレネット公爵殿下。陛下がお探しなので、王都に行かなければならないようですが？　戻ってくるまで、臨時司令官を私に任せるという陛下の勅令(ちょくれい)が発せられました」

笑いながら話すヨハネットの言葉に、プレネット公爵は立ち上がって叫んだ。

「貴様、何をふざけたことを言っておる！　戦争真っ只中に陛下がそんな命令を発すはずがない！」

「抗命なさるということですか？」

「黙れ。アドニア！　すぐにあいつを私の目の前で片付けろ！」

プレネットはアドニアに向かって叫んだが、彼は首を横に振った。

「これは確かに陛下からの命令書です。無視することはできません」

プレネット公爵はアドニアが持っている命令書を奪い取り、絶望したような表情でそれを眺めた。

＊

ナルヤ王国軍の駐屯地。

カシヤが戻ると、全員が跪いて彼を迎えた。

しかし、カシヤはあまり機嫌が良くなかった。

特に得るものもなく動くこと、すなわち時間の浪費を彼は最も嫌う。自らそんな時間の浪費をしてきたので、怒りが頂点にまで達していたが、アドニアを倒すと兵を出したのは彼の独断だった。そのためバルデスカのせいにもできない。

「次の作戦は？」

そのためカシヤは短い言葉で、すぐにバルデスカに声をかける。

バルデスカは彼の前でその後の方針を話した。さまざまな苦心の結果に出た最高の作戦だった。

「陛下、以前ラミエ王国から同盟を要請されたことがあります」

「そうだったか？」

関心が全くなさそうな返事が返ってきたが、よくあることなのでバルデスカは気にもせずに言葉を続けた。

「ラミエ王国がケベル王国と同盟しましたが、その援軍は自国への帰途にあります。ケベルとラミエの同盟はすでに解消されているでしょう」

王はもう返事すらしなかった。全く興味がないという顔をしている。

そばにいる臣下たちは恐怖に襲われてバルデスカをチラチラ見た。

「その援軍を利用するつもりです。帰投中のラミエ王国軍をけしかけて、ケベル王国軍の背後から攻撃を仕掛けさせる。いかがでしょうか？」

「ラミエ王国と同盟を結ぼうというのか？」

「まさか。我がナルヤは誰とも同盟を結びません。その大原則を破るつもりはありません。ただ攻撃するしかないようにするつもりです」

「ほう？」

カシヤの顔にようやく興味の色が現れる。

「また、陛下には2万の別動隊を率いて敵の中心を撃破していただきたいと思います。誰も防げない部隊で突き抜けなければなりません」

「予を死地に送るということか？　ハハハハハ！　ようやく面白い話が聞けそうだ。詳しく話してみよ」

王である自分を死地に追い込む作戦だなんて。

カシヤは先ほどまでの不機嫌を完全に忘れて笑い出した。

＊

エイントリアン軍はヘベレット城の兵営に落ち着いた。今は戦線が小康状態に入ったため軍の整備に力を入れている。

戦場で最も重要なのは司令官だ。ひとまずそれから解決する必要があった。

俺が直接前面に出ることができないので、傀儡のケベル王国軍司令官が必要だった。

今この戦争は大陸のすべての国が注視していた。大陸南部の覇権がかかった重要な戦争であり、戦況いかんによっては次に自分たちがナルヤの餌食になるかもしれない。

だがこの戦いで名を上げるのは新エイントリアン王国でなければならなかった。

強力な軍隊を持つ新生国家。真の古代王国を継承した侮れない国という威名！

そのために必要なのは、俺の言うことをよく聞く司令官だ。ケベル王国軍も俺の指揮下に入って動いてこそ勝利を摑むことができるからだ。

ここにおける最大の障壁はプレネット公爵だ。俺たちの間にあるわだかまりもそうだし、性格自体が俺の言うことに従う人物ではなかったからだ。いくら優れた作戦を出しても鼻で笑うだけだろう。そして自分の作戦を推し進める。

そこに待ち受けているのは完全な敗北だ。

そのため真っ先に手を打ってプラネット公爵をひとまず王都に戻した。

「陛下、プレネット公爵が王都に退いたそうです！」

ユセンは今俺にその結果を報告していた。

「アドニアは？」

「特に止めませんでした。公爵代理になることにしたそうです」

ここまでは計画通りに進んでいた。

ヘイナが上手くやってくれたおかげだ。

さらにヨハネット公爵の野望が俺の望みと一致していたことが幸いしたともいえる。

「こちらです、殿下」

その時、ヘイナがヨハネット公爵を案内して俺の幕舎に入ってきた。

「君が、エイントリアンの参謀か？」

ヘイナの紹介に、俺はうなずきながら立ち上がった。

俺の正体を知るのは、アドニアだけで十分だ。

むしろ俺がいなくても強いという噂が広がる方がいい。この先実際に俺が国を空けて
もむやみに侵略することができず、エイントリアン軍自体を恐れることになるだろう。

結果的に背後に俺がいたという噂は回るかもしれないが、まあそのくらいは許容範囲

内だろう。

「お初にお目にかかります、ヨハネット公爵殿下」

「あのアドニアのやつが君を積極的に推薦していたよ。戦線の小康状態を作りエイントリアン軍が来るまで時間稼ぎにへベレット城での勝利を導いたそうだな？」

「ええ。もちろん私は陛下の作戦を代行しているだけですが」

俺はエイントリアンの方角へ身体を向けて、拳を胸に当てる。陛下、つまりエルヒン・エイントリアンに向かって尊敬の意を表したものだ。俺からしたらただの茶番だが、こういうポーズをしておくことが結構重要だったりする。

「とにかく、我々と一緒なら必ずやこの戦いも勝利できるでしょう」

俺の話に、ヨハネット公爵は笑いながらうなずいた。

「私は自分の命が一番大切だ。別に戦場に出るつもりはないし、勝てるのであれば口を出す気もない。私をこの戦争を勝利に導いた司令官にしてくれるならば、いかなる支援も惜しまない」

ここまで明け透けに言われると逆に好感が持ててくる。

おそらくヨハネットには自分が乗るべき相手を見抜く才能があるのだろう。

「そうしてください。後方で休んでいらっしゃる間にアドニア様とエイントリアンが勝利をもたらしましょう。その功績(こうせき)は当然、司令官である殿下のもの」

「素晴らしい！　君もちゃんと話が分かる相手のようだ。それがお互いに一番重要だからな！　それにヘイナ君が言っていたが……万が一敗北した場合もその責任はすべてエイントリアンのところに行く、というのも事実だろうな？」

「申し上げた通りです、殿下」

ヘイナは俺の代わりに答え、俺もうなずいた。

「よし、それでは一度見守ることにしよう！　最前線にいるのはちょっとあれだな。少し下がったところにいるから、勝利の知らせを持って来い！　ハハハハ！」

ヨハネット公爵が笑いながら消えると、ユセンが気になるという顔で尋ねた。

「どうしてプレネット公爵が司令官の座から退いたのですか？」

「彼はそれだけの器ではなかったということだよ」

「ええ、それに思っていた通りケベル王もプレネット公爵のことは危険視しておりました。そこをくすぐってあげればすぐにヨハネット公爵と結託してこの策に乗ってくれました」

ヘイナが俺の言葉に補足を入れる。

王にとって最も恐ろしいのは側近の権力が大きくなりすぎることで、それより恐ろしいのは反乱だからな。

もちろん、この戦争の功績がヨハネットに回ることもないだろうが。

すべてはエイントリアンのものにならなければならなかった。

＊

プレネット公爵が王都に退いた後も、数日間の膠着状態は続いた。この戦いが守城戦であることには変わりないため、少なくとも俺たちの側から下手に乗り出すことはできなかったからだ。

戦線の中心であるヘベレットは非常に混雑していた。既存のケベル王国軍にエイントリアンの援軍など多くの人数が集結していたのだから、当然だろう。

今、ヘベレット城は戦争のための城になっていた。もちろんそれはミドレット城とユゲナ城も同じだ。現在、ミドレット城にはエルヒートとジントを派遣している。ユゲナ城にはユセンとギブンがいた。アドニアが推薦する家臣たちと既存のケベル王国軍も再び分配して、各城に配置した。

当然、ヘベレット城は俺とアドニアが直接引き受けた。バルデスカのことなので、何か計略を仕掛けてくることは明らかだった。正攻法で攻城戦をするためには最低でも数か月が必要だからだ。

時間が経てば経つほど不利になるのは、ナルヤだ。それが守城戦の最大の長所。守れば勝つ。

だから俺の不意を狙おうと絶えず策を練ってくるだろう。

おそらく一つや二つだけではなく、連鎖的にさまざまな方法を駆使して戦いを挑んでくるはずだ。

それを効果的に跳ね返すことが今回の目的となる。

守るだけではインパクトが足りないだろう？

だから、ひとまずこちらは軍を整えるだけで、待ちを選んだ。

敵がどう出てくるのか。

最も重要なのはそこだった。

だがしかしナルヤは引き続き動きがなく、ナルヤの代わりにヨハネットが訪れた。

「ナルヤのやつらは、まだ静かなのか？」

ヘベレット城におらず、遠く離れた後方に連合軍総大将の駐屯地を編成したヨハネットが、なぜか出向いてきたのだ。

「まぁ持ちこたえるほど有利だから関係ないか？　ちゃんと守ってくれよ。私の家臣たちも残して行くから、好きに使え！」

攻め入れないことに痺れを切らして「ビビったのか！　先に戦いを仕掛けてみたらどうだ？」などと戯言を言いに来たのかと一瞬身構えたがそうではないらしい。幸いヨハネットは自分が言った通り直接的な口出しはせず、状況の確認だけをして消えた。

問題は、ヨハネットが訪れた日の夜に起こった。

ナルヤが夜襲を仕掛けてきたのだ。

「ついにやつらが攻め込んできました！　しかも夜襲だなんて……！」

知らせを聞いたアドニアが急いで訪ねてきて俺を起こした。

俺もベッドから起きて準備をし、急いで外に出た。そこへヘイナも走ってきた。

「陛下！　敵が……！」

「もう聞いた。いよいよだな」

待ちくたびれていたところだった。

「閣下！　閣下！」

外に出るやいなや、アドニアの家臣が駆けつけてきた。

「何をそんなに騒いでいるんだ？　ナルヤが攻め込んできたのはわかっている！　今行くつもりだ！」

「そうではありません、閣下！　奸計(かんけい)です！　味方が裏切りました！」

アドニアの家臣が唾(つば)を飛ばして叫んだ。その言葉に、俺とヘイナは目を合わせた。

俺たちが妙な目配せしていると、アドニアは自分の家臣の胸ぐらを掴んで尋ねた。

「裏切りだと？　それはどういうことだ？」

「ヨハネット公爵の家臣たちが突然北門を開放しました！　今……ナルヤの兵士たちがなだれ込んで……」

「つまり、ヨハネット公爵が裏切ったということか？」

「そのようです！」

アドニアは信じられないという顔で眉をひそめて俺を見た。

「とりあえず北門に行ってみよう」

うなずくアドニアとともに、俺たちは北門まで疾走した。確かに北門からはナルヤの兵士たちがなだれ込んできていた。

その前でナルヤの兵士たちを手引きしているのが、ヨハネットの家臣だった。

明白な裏切りだった。

そいつらを見て、アドニアは顔が真っ赤になって大声を上げた。

「お前ら、何てことを！」

「アドニア閣下、ケベルはすでに国運が傾いています。エイントリアンなんかと力を合わせたからといってナルヤを防げると思うなんて、愚かにもほどがある！」

「だからといってお前らはケベル人としての誇りを捨て、他国の犬になろうというのか！」

アドニアは怒りで顔を朱に染めながら彼らに襲いかかった。

ヨハネット公爵の裏切り。

どこの国にも売国奴はいるものだ。以夷制夷という言葉がある。外国を利用して他国をおさえるという意味だが、プレネット公爵という敵をヨハネット公爵というまた別の敵に倒させようとしたら、むしろそのヨハネット公爵にこの策を利用されたということだ。

「閣下を助けるぞ！」

アドニアが戦いの場に飛び込むと、アドニアの家臣たちも全員飛び出してヨハネット公爵の兵士たちと家臣たちに向かって走っていった。

だが後から門を突破してきたナルヤの騎兵隊が味方をかき回す。

[ナルヤ第一軍]
[士気：98]
[訓練度：99]

攻め寄せたナルヤの兵士たちは精鋭だった。

ナルヤ第一軍。ナルヤの王が直接率いる軍隊だ。

このヘベレット城にアドニアがいることを意識したようだった。今までバルデスカはアドニアとナルヤの王が直接会うことを嫌がっていたようだったが、ここに来てその方針を変えた。

それが指し示すのはつまり、今回の作戦に確実な勝機を見出しているということだった。

＊

この夜襲の数日前。

ナルヤの十武将序列第9位のムテガはバルデスカの密命を受けて、秘密裏にヨハネット公爵に接触していた。

「この私をケベル全領土の主人にしてくれるということか？」

「はい、あなたはこの戦いの後にケベル公爵になるのです。陛下は同盟を絶対に結びませんが、同時に権威と服従を重視される。自ら降伏した者には寛大ですよ」

「そ、そうか？　権威か」

ナルヤの王なら、確かに権威はすごかった。あのアドニアが参戦した後も敗戦を繰り返したのはナルヤ王の権威によるところも大きいだろう。

ヨハネットはそう思っていたので、軽々とうなずいた。

「大体、ケベルが耐えられると思いますか？　戦線の状況を今一度考えてみてください。またこんなことまで申し上げるのは心苦しいですが、プレネット公爵一派のせいで、あなたは自分にふさわしいだけの力を振るえていないのでは？　陛下に仕えなければなりませんが、少なくともこのケベルの地では王と変わらぬ権力を手中にできるのですよ。フフ」

ムテガが妖しくヨハネットを誘う。

権力と生存こそ自分が一番望むことだった。そのためなら、たとえ主がケベルの王であれ、ナルヤの王であれ、正直ヨハネットには関係ないことだったからだ。

「うーむ、重要なことだ。考える時間をくれるか？」

「長くは差し上げられません。明日またお伺いします」

バルデスカがムテガを向かわせたのには、理由があった。

バルデスカは元よりエイントリアンの合流を予想しており、エルヒンの裏をかく方法をいくつも考えていた。

プレネットとヨハネット、そしてプレネットとエイントリアンの関係。これらのことを知らないバルデスカではない。

彼が得た情報から見て、ヨハネットは典型的な渡り鳥だ。

つまり最も付け入る隙があるということ。

「ああ、殿下。一つ言い忘れておりました。もしプレネット公爵が退いても活躍するのはその息子のアドニアです。殿下が総大将になったとしても、その功績は果たしてあなたのものになるかどうか……」

ムテガはあえて言葉を濁しながら言った。わざと最後まで言わなかったのも、バルデスカが指示したことだ。

ヨハネットはそんなムテガの言葉を聞いて心の中で罵倒した。それくらいは自分も十分考えている。何を偉そうに！

しかし、提案は魅力的だった。そのため、ムテガが帰るとすぐ最側近に訊いた。

「どこが勝つと思う？」

「殿下、エイントリアン軍の槍騎兵というのが一見強力そうに見えるのは事実ですが、結局は虚像にすぎません」

「虚像だと？」

「今までにエイントリアンは二度ナルヤに勝利しております。しかし十武将とナルヤの王、そしてフラン・バルデスカ。ナルヤ全軍との戦争で勝ったわけでもありません。しかも今回の軍には彼らと直接戦ったエイントリアンの王が参加していない。たかだか６万の援軍が来たからといって戦局が覆るとは思わない。そんなことは火を見るより明らかでしょう。ナルヤの軍隊は大陸最強です」

「それはそうだな」

ヨハネットはうなずいた。天秤は急激にナルヤに傾き始めた。どちら側に立つかを正確に決めなければならない賭博。

しかし、いくら考えてもナルヤ側についた方がより得るものが多く見えた。さらに勝利する確率もナルヤの方が高いだろう。当然ナルヤの側に立つほうが良さそうだ。

実際、ヘラルドでは降伏した貴族が現在ヘラルドを統治しているという話も聞いた。

そのため、ヨハネットには今回の提案がさらに魅力的に見えた。

エイントリアンがもたらした提案より、はるかに。

*

ムテガによるヨハネット公爵への接触のさらに数時間前。

王都にて、ヘイナがヨハネット公爵に接触した日。

ヨハネット公爵は彼女の判断では信用できる人物ではなかった。いつでも乗る船を変え得る典型的な小物。彼女が大嫌いなタイプだった。こういう人物に出会うと彼女のセンサーが過剰に反応し、自然に腕に鳥肌が立つ。

今回もそのセンサーは正確に作動した。

しかしプレネット公爵による妨害も防がなければならなかったので、彼女は当初の予定通りヨハネット公爵を口説き落とした。こういう自分の利益中心の人間は、目の前に餌をぶら下げてやれば素早く反応する。そのためプレネット公爵を引きずり下ろすことは簡単にできそうだった。

アドニアを通じてプレネット公爵に他意があるという偽りの証拠を作っておけば、ヨハネット公爵はおそらく提案を受け入れるしかないだろう。ヘイナはそう思って邸宅を出た。

「お待たせいたしました。こちらへどうぞ」

入れ違いに、貴族の服を着た男を侍従長が案内した。

それ自体はありふれた場面。

しかしそれがヘイナにとっては非常に引っかかった。

侍従長は初めて来る相手を案内する様子だった。どこか緊張気味でもある。

……いや、恐れている？

公爵家所属の貴族なら、公爵の邸宅には数十回も出入りしているはずなのに、あんな態度はおかしい。

さらに言えば公爵たちは特有の自尊心が非常に強い。誰でも簡単に会えるような人物ではなかった。それなのに、初めて来る貴族とこの戦争の真っ最中に会うだなんて。

そこでふと、彼女の脳裏にある男が浮かぶ。

ローネン公爵。

かつてローネン公爵の機嫌を取るために、彼の邸宅で数多くの恥辱に耐えた彼女としては、ますます今の場面が引っかかったのだ。

だからといって今この場でできることはない。

ヘイナは馬に乗るや否やエルヒンの元に駆けつけた。


「陛下、少し変な場面を目撃しました」

「変な場面？」

エルヒンが問い返すと、ヘイナは見たものをそのまま説明した。戦争中に初めて訪れた貴族。侍従長の尋常ではない様子。

それは何か目的を持って訪れたに違いない。ヘイナの訪問のようにだ。しかも、ヨハネット公爵が会っているとすれば……。

エルヒンは直ちに通行証を受け取ったヘイナを連れて城門を通り、ヨハネット公爵家の近くに潜伏した。

目的は、その貴族を直接見ること。

やがて邸宅から貴族風の男が出てくる。

エルヒンはすかさずシステムを起動する。

［ムテガ・ラメイ］
［年齢：26歳］
［武力：89］
［知力：65］
［指揮：71］

そしてその結果、ヘイナが怪しいという男の名前が判明した。エルヒンは思わず失笑する。

すでに知っている名前だ。

ドロイ商会を侵入させて、ナルヤの十武将とその候補については徹底的に調査した。

ムテガ・ラメイ。彼はまさに十武将のひとりだった。

すなわち、ナルヤがヨハネット公爵に接触してきたということだった。

*

あの密談の翌日、ヨハネット公爵がヘベレットの兵営に現れたことでやつの裏切りは確定した。

そのためエイントリアン軍は全員戦闘態勢を整えて待機していた。ヨハネットが行き来したこと自体が怪しかったからだ。しかも家臣まで置いていった。

もちろん、これが怪しいと思える理由は、ヨハネット公爵がナルヤと密談を交わしたという事実を知っていたからだが。

もし知らなければ確実にバルデスカに負けていた。

ここに関しては完全に幸運だったといえるだろう。

またドロイ商会を利用してナルヤの貴族たちから十武将の名前と情報を訊き出したことが大きく役立った。戦闘中でなければシステムにその所属まで出るわけではないからな。

その結果、開かれた門から入ってくるナルヤ軍に俺たちは素早く対応することができた。もちろん、最初からヨハネットの家臣たちを倒して裏切りを事前に潰す方法もある。

しかし、そうなると今度は俺たちが裏切り者扱いされかねない。さらにヨハネットは言い逃れをしながらしっぽ切りをしようとする可能性もあった。

そのため裏切りが起きるのをおとなしく待ったのだ。

ヨハネットまで処理してしまえば、ケベル王国軍は完全に俺の手に入る。少なくともこの戦争では、だ。

また、門が開いてナルヤ王国軍が入ってくることも俺にとってはメリットがあった。

この二つのために、俺はやつらの計画を放置して待った。

「全部隊、敵を迎撃せよ！」

ヘイナの声に合わせて、エイントリアン軍3万の兵力が一斉にナルヤの第一軍に殺到した。そのうち1万の槍兵(やりへい)と5千の盾兵(たてへい)がナルヤの騎兵を阻止する。そして1万5千の歩兵隊が槍兵と盾兵を補助した。

事前に準備させたのは、エイントリアン軍だけだ。アドニアは信用できるが、その下にヨハネットの一味が混じっているかどうかまでは判別がつかなかった。

信用できる側とできない側。それが今夜すべて明かされるだろう。

城門前に駆けつけて防御を始めた今、門は開いているのでナルヤの騎兵隊はどんどん入ってきた。

投入されたのはナルヤの第一軍だ。それなら、ナルヤの王もいるだろう。精鋭の第一軍を率いるのは王本人だからな。

だが、バルデスカが王を先鋒に立てるはずがなかった。もちろん、これについては確信できなかったが、王が孤立しかねないことをするはずがなかった。

もし万が一ナルヤ王カシヤが入ってきたら？

アドニアと一緒に戦わなければならない。

城門を閉めて、ナルヤの王を殺せたら。

それこそナルヤの勢いに終止符を打てる！

だから最初に確認したが、王の姿はまだ見つかっていない。その代わり、他の人物の姿が見えた。

今入ってきたのは、ナルヤ第一軍先鋒隊だ。その先鋒隊を率いる先鋒隊長が姿を現したのだ。

その人物はシステムで確認する必要もなかった。十武将序列第1位のメデリアンだったのだ。

しかし、彼女はいつものように戦わなかった。つまり、地面に落ちた持ち主を失った剣を宙に浮かべて敵を攻撃する強力な大範囲スキルを使わず、周囲を見回していた。

その結果、俺と目が合った。彼女は俺を見るやいなや、こちらに走ってきた。アドニアも敵の騎兵隊を片端から斬り倒していたが、彼女を発見して俺の方へ向かってくる。

「私がお引き受けします！」

「いや、今は騎兵隊の始末が先だ。ヘイナと合流しろ！　彼女の指示に従え！」

　俺はそう叫んだ後、メデリアンに向かって行った。

　彼女の後ろにはカシヤが控えている。このタイミングで大通連を召喚するのは得策かどうか。

「やっぱりまた会えたな」

　迷いながらも俺は彼女と対峙する。

　きっと「ようやくまた戦えるわ！」などといって即座に斬りかかってくるだろうと考えていたが、なぜか彼女は剣を抜くこともせず俺の後方を指差した。

「ちょっと黙ってついて来て！」

　黙ってついて来いだと？

　まるでカツアゲしようと路地に引きずり込むチンピラのような台詞を叫び、彼女は自分が指した所へと走っていく。つまり、ヘベレット城の内側にだ。

　彼女は先鋒隊長だ。うちの槍兵と盾兵を突破することが彼女の役目のはずだ。しかし、今の彼女はまったく兵士たちには目もくれない。

　あれだけの戦闘マニアぶりを見せつけていたのに、今は戦うことに全く関心がなさそうに見えるというか。

　しばらく悩んだが、この戦場に彼女がいないほうがむしろ得だ。彼女がスキルを使えばこちらの戦列が確実に崩れるからだ。

だから、一応ついて行ってみることにした。これも罠かもしれないが。

俺を戦場から引き離そうとする誘引術とか？

いや、それはないだろう。

大範囲攻撃が可能な彼女が戦場にいないほうが、かえって大きな損失だ。

ともかく虎穴に入ってこそ、その本心がわかるというものだ。

すべての指示はヘイナにすでにしておいたので、俺はメデリアンを追いかけた。

彼女は町の建物の陰で俺を待っていた。周囲には誰もいない。俺を見るやいなや、馬から降りて手招き（てまね）きした。俺も降りて彼女について行った。

彼女は馬を置いたまま、あえて建物と建物の間、つまり目立たない路地に俺を呼んだ。

「また妙なことを……一体何を考えている？　まさかバルデスカのやつに何か指示されたのか？」

俺の問いに、メデリアンは俺の腕を引っ張って顔を近づけてくる。

そして俺の耳元で囁き始めた。

「お兄ちゃんは関係ない。はぁ、問題はそんなことじゃないわ！　ケベル王国の愚かな公爵があなたを裏切ったこと、知ってるの？　門が開いた理由よ！」

いや、囁くなら静かに話してくれよ、耳が痛くてたまらない。

「何だよ、メデリアン。俺に密告してくれてるのか？　ナルヤを裏切るつもりか？」

　彼女が今話しているのは、確かに内緒話だった。こんな所で密かに話すべき内容ではある。ナルヤの兵士たちが見てはいけない場面だ。

「あううう！　馬鹿！　何でそんなに平然としているの？　門が開いて城が陥落しそうなのに。私が手伝ってあげるから、今すぐ逃げて。お兄ちゃんが二重、三重に罠を張っているから、このままじゃ全滅するわよ！」

　彼女は本当に俺を心配するような口調で再び叫んだ。

　逃げろとは。

　俺としては一向に状況が理解できない。彼女はなぜ俺を救おうとするのだろう。密告までしながら。

　ナルヤ側から見れば、深刻な裏切り行為だった。もちろん、もう知っている内容だったが。

　俺の敵であり、ナルヤの十武将序列第１位であり、名高いバルデスカ家の娘の言葉としては異質だった。

「助けてくれるのか？　お前が？　敵の俺を？」

「そうだって！　今まで何を聞いてたの？」

「どうして？」

「どうしてって……ああもう！　あんたこんな所で死ぬつもりなの？　あんたが強いのは知ってるけど、陛下はもっと強い。やり合ったって敵いっこないわよ！」

ここに来て俺はようやく理解した。

彼女は本当に俺を救おうとしているのだ。

それもバルデスカの指図じゃない。これは彼女の独断だ。

「理由はわからないけど、まあいいよ。好意には感謝する。でも、逃げる必要はない」

「あんた、頭おかしくなったんじゃないわよね？　逃げる必要がないなんて。熱でもあるの？」

理解できないという顔でメデリアンが俺の額に手を当てた。そして首をかしげる。

「熱はないけど？　もしかして正気で言ってる？　だとしたらあんたは本当に馬鹿よ！」

再び心から心配する顔だった。

というかこの女、距離感がおかしい。

べったりくっついて額に手を当てて。

一体誰が敵と思うだろうか。敵どころか恋人の距離感だ。

こんなところを見られたら俺が裏切り者扱いされてしまわないか……？

「ちょっと待て、とりあえず誤解だ。俺は裏切りのことをあらかじめ知っていた」

「えっ……？　嘘よ！」

「本当だ。対策は全部立てているから、死ぬことはない。嘘かどうか、見てればわかるだろう」

俺はメデリアンを引き剝がして置いてきた馬に向かう。

「ねえ、ちょっと待って!」

メデリアンは俺を呼び止めようとするが、目的がわかったのでこれ以上ここに留まるのは不要だろう。

「忠告には感謝している。だが勝つのは俺たちだ」

メデリアンは俺が馬で走り去るまでじっとこちらを睨みつけていた。


俺は戦場に戻ってすぐヘイナに戦況を尋ねた。

「陛下! どちらにいらしたのですか!」

「それは後で説明する。状況は?」

「約1万の兵が入ってきたようです」

「それなら、ぴったりだな。すぐに城壁の上に上がろう」

「はい、陛下!」

先鋒隊は1万か。その後ろには王が指揮する主力部隊が控えているだろう。

あまりにも多く入れてしまうとコントロールが効かなくなってしまう。俺はこの先鋒隊だけをヨハネットからの贈り物として受け取ることに決めた。彼が不審さを撒いて回ったおかげで、徹底的に備えることができたからだ。

アドニアが順調にエイントリアン軍を率いて騎兵隊を千人単位で倒していたので、城門の内側に入ってくる敵の騎兵の速度がかなり低下した状態で、俺は城の外を見た。

とりあえず、闇の中で目に見える範囲内にはナルヤの王はいなかった。

さっきのメデリアンの言葉によると、これ以外にも何か別の作戦が用意されているのだろう。

それなら尚のこと早くこの戦いを終わらせて次に備えなければならない。

「今だ、ヘイナ！」

「はい、陛下！」

合図を送ると、城壁の上に兵士たちが油樽を持って走ってきた。すぐに兵士たちが油を北門の外に撒き始めた。

同時に準備しておいた弓兵たちが火矢を放ち始めた。油を撒いた北門の前にだ。

ゴォォォッ！

最もよく燃える油を準備したおかげで、火矢に触れるとあっという間に炎の壁が北門の前に作られた。

「うわぁぁぁっ！」

頭から油をかぶった敵に火矢を放つと、北門から入ろうとしていた騎兵隊は派手に燃え始めた。地面から燃え上がる炎の壁のおかげで、騎兵隊は一時的に後ろに退かざるを得なかった。

「弓兵は照準を合わせろ。北門の前に矢を集中させる！」

ヘイナの二回目の命令に合わせて、矢の雨が降り始めた。このすべては当然、門を閉じる時間を稼ぐためだ！

直ちに城内に降りてアドニアに向かって叫んだ。

「アドニア！　兵士たちと城門を閉めろ！　門を閉めて、入ってきた敵を包囲殲滅する！」

「わかりました！」

状況はよく把握できていないようだったが、門を閉めるべきだという事は認識していたはずなので、アドニアは素早く敵を突破して北門まで接近した。そして味方の歩兵が騎兵を包囲し始めた。盾兵が騎兵の前を塞ぎ、槍兵がその盾の間に槍を差し込み、馬に乗って攻撃してくる騎兵隊に最も効果的な戦術を使用していた。

結果的に、一瞬にして1万の兵力を包囲殲滅することができた。

遅れて出てきたケベル王国軍が合流し始め、戦場は急速に沈静化した。

「すぐにヨハネットの家臣とその一味を逮捕せよ！」

アドニアがケベルの兵士たちにそう命令を下した。

「うおぉぉぉぉぉおっ！！」

エイントリアン軍は勝鬨を上げた。

まだ緒戦も緒戦。しかしエイントリアン軍は奇襲を仕掛けてきたナルヤの先鋒隊１万をほぼ無傷で凌いだ。

その事実が何よりも重要だ。

もちろん勝利に酔っている時間はない。

その時、メデリアンが頬を膨らませたまま、気に入らないという顔で近づいてきた。

「ううっ……よくもやってくれたわね」

彼女が馬から降りると、四方から兵士たちが彼女に剣を向ける。

「そちらから仕掛けてきたのにそれはないだろう。どうする？　お前単騎で俺の軍とやり合ってみるか？」

瞬く間に二重、三重に包囲された彼女は俺を見つめた。

「降伏するわ」

しかも彼女は両手を挙げてこう言ってきたのだ。

―第4章― 流星と女神と戦鬼

「降伏するって？　お前が？」

「そうよ。耳に穴でも空いてるの？」

そりゃあ耳に穴は空いているだろうが。

聞き間違えたかと思って思わず訊き返してしまった。それほど信じがたいことだった。

しかしメデリアンはなぜか胸を張ってうなずいている。

「彼女は誰ですか？」

敵軍の処理を終えて戻ってきたアドニアが尋ねてきた。

それは当然のことだ。

完璧に武装しているくせに戦わずに降伏するというのだから、怪しまざるをえない。

さらに、メデリアンは誰が見ても一般兵士ではなかった。貴族だけが着られるカスタムされた鎧を着ており、身に着けている剣は華やかさを極めていたからだ。

「十武将のひとりだ」

「では、殺したほうがいいのではありませんか？」

アドニアが当然のことを言ってきた。しかし、アドニアも彼女を殺すのは容易ではないだろう。何よりおとなしくしてくれているうちに捕らえたほうがこちらの被害が少なくて済む。

「とりあえず捕縛しろ。牢に閉じ込める。彼女には訊きたいことがあるからな、後で俺が尋問しに行く」

結局悩んだ末、こう命令を下した。

なんというか。

降伏するその真意がわからなかった。一緒に逃げようというのもよくわからなかったが、降伏する必要がないのに降伏するという今の状況は、むしろさっきよりさらに理解できなかった。

一体何を考えている？

これもバルデスカの作戦の一つなのか？

いや、それもどうも違う気がする。

この戦場において彼女の行動だけが完全な異分子だった。

「ちょっと待ちなさい！　私に触らないで。降伏は降伏でも、武装解除は拒否する。捕縛も嫌よ！」

すると、降伏を申し出た方が堂々とふざけたことを言い始めた。この世のどこにそんな主張をする捕虜がいるというのか。

だが彼女は本気だし、実際今の彼女の状況ならいつでも逃げられる。

「近づいてきたら、全員殺す！」

兵士たちに向かって脅しをかけたので、俺は兵士たちのために叫んだ。

「全員止まれ！」

下手をしたらこっちの兵士たちが全滅しかねない。

わざわざ降伏を受け入れたのに被害を受けては何の意味もない。

「陛下？」

いつからか俺のことを陛下と呼び始めたアドニアが、面食らった顔で訊いた。

「どういうことですか？　なぜあいつを自由にさせておくのです！」

理解できないだろう。その気持ちもわかる。いっそのこと、アドニアと挟み撃ちして逃げさせてしまおうか？　おそらくふたりで攻撃すれば帰るだろう。そのほうがむしろ良いのではないかという気もするが。

一方で、一体なぜ降伏したのか、それに隠れた計略があるならぜひ突き止めたかった。

計略がなければ？

それはそれなりに何の計略もないのに、一体どうしてこんなことをしているのか気になる。バルデスカと共にいつかは俺の部下にしたいと思っていた人物なのでなおさらだ。

「アドニア、今はそんなことよりもっと重要なことがある。城内にいるヨハネットの家臣を探し出せ。そしてすぐにヨハネットを捕まえに行くから、準備するんだ。彼女は俺に任せろ」

「わかりました」

アドニアが考えても、そっちのほうが急務だったので、急いで動き出した。

彼を行かせた後、再びメデリアンに尋ねた。

「まったく、降伏すると言ったくせに。触られるのも捕縛されるのも嫌なんだったら、一体どうしろっていうんだ？」

すると、彼女は笑みを浮かべた。ぴょんぴょん跳ねて俺の前に来ると、両手を差し出した。

「あんたが捕縛するのはいいよ。それから、牢は嫌だからあんたの部屋に連れて行って。それが条件！」

「はぁ？　なんだその条件は！　そんな捕虜がいるかよ」

「いるのよここに」

メデリアンと話しているといつもペースを乱（みだ）されてしまう。

「くそ……ところで、お前を捕縛することに意味があるのか？　手を縛っても剣を自由自在に使えるのに？」

「この世で私を縛れる存在なんていないわよ！　あんたにだけその栄誉を与えるっていうのに。まさか嫌とは言わないでしょうね？」

「好き嫌いの問題か。ふざけてるつもりならバルデスカに引き取ってもらうぞ。じゃなきゃここで戦うか？　アドニアと俺を相手にするのはおまえでも危険だろう」

「……アドニア？　あぁ、さっきのやつ？　お兄様が注意しろって言ってたような気がするわ。でも興味ない。それより！　私が敵軍にいないってのは、あんたにとってもかなり得だと思うんだけど？　私がまともに戦えば、あんたとあんたの兵士にとっても大きな脅威でしょう？　私を縛っておけば、とにかく私があんたの兵士を殺す人数の分損害が減るわよ？」

「それはその通りだが……」

だんだんめんどくさくなってきて、俺はもう彼女の腕を縛ってしまった。

「え、本当に縛っちゃった！」

楽しくて叫ぶことか？

問題は、今すぐヨハネットを捕まえに行かなければならないということだ。彼女の言う通り、彼女を俺の部屋に入れる？　それはあり得ないことだ。牢に入れておくのも同じだ。ひとりにすれば、何をしでかすかわからないじゃないか。

「捕虜、とりあえずついて来い。裏切り者をやっつけに行くから」

「本当に？　面白そう！」

するとメデリアンはむしろ縛られたまま目を輝かせた。

＊

「ハハハハ！　もうこの王国は私のものだ。勝利の知らせはまだか？」

ヘベレット城の後方に設営された駐屯地で、ヨハネット公爵は高笑いをしながら酒を浴びるように飲んでいた。

彼が言う勝利の知らせとは、もちろんケベル王国の勝利の知らせではない。ナルヤ王国軍がヘベレット城を落とした、という知らせのことだ。

だがしかし、

「そんな知らせが来ることはないぞ、ヨハネット！」

アドニアが近衛兵を切り殺してヘベレットの幕舎へと乗り込んだ。

結局俺はメデリアンを連れて、アドニアと共にこの駐屯地を急襲することになった。

「あ、アドニア？　お前がどうしてここに！」

ヨハネットは目を白黒させて手に持った杯を地面に落とし、自身も椅子から転げ落ちた。

「悪いが売国奴と話すことなどない！　本当であればこの場で貴様を斬り殺してやりたいくらいだが……俺は貴様のように即物的な人間じゃない。今から王都に護送してやるから、直接陛下からの処罰を受けるがいい！」

アドニアは怒りを飲み込んで言った。しかし、むしろヨハネットはその言葉に逆上して言葉を荒げる。

「ふん、運良くナルヤを阻んだようだな。だがな！　無駄だ。私たちはナルヤに勝てない！　エイントリアン？　笑わせるな。そこのエイントリアンの参謀とかいうやつをどれだけ信じることができるというんだ！　私の後ろにはナルヤがいる！　助けてくれるはずだ、ナルヤが私をな！」

その前に斬首されることになるだろうに、何を言っているのか。

これだからこういうやつらは世界で一番嫌いなんだ。

俺があきれてものも言えずにいると、なぜか俺の隣から赤い弾丸がすっ飛んで行った。

メデリアンだ。なぜか悪口を言われた当事者はじっとしているのに、彼女が飛び蹴りを食らわせたのだ。

ドカッ！

メデリアンは腕を縛られたままだが華麗に宙で身体を捻って着地する。

　そしてさらに倒れたヨハネットを足で蹴り始めた。

「よくも、誰に向かって指差してんのよ！　あいつにそんなことができるのは私だけなんだからね！　この豚野郎！」

　ドッ！　ガッ！　ドドドドドッ！

　なぜかメデリアンが激怒している。

　その怒り方は思わず見ているこっちまで鳥肌が立ちそうなほどだ。

　アドニアも呆気に取られて突っ立っている。

　だが放っておくと本当にヨハネットを蹴り殺しそうだったので、彼女の両腕を掴んだ。

「おいおい落ち着け。こいつはケベルの王都に連れて行くんだ」

「ふん、私、こういうやつが世界で一番嫌いなのよね。っていうかあんたを裏切ったやつでしょ？　だからお兄ちゃんが……あっ！」

　そこまで言ったメデリアンが、突然口をつぐんだ。

「まぁ、えっと……そんな感じ。へへっ」

　何か重要なことを言おうとしたが、辛うじて我慢したような様子だった。俺が怪しむ目つきで見ると、メデリアンは急いで背を向けて、再びヨハネットを蹴った。

「ああもう！　お前のせいで！」

「ちょっと待て、わかったからやめろ。っていうかなんでナルヤ側のお前がさっきのセリフにそんな切れてるんだ」

「誰が？　こいつが？」

「ああ」

「あーそんなこと言ってたっけ。ふん、ちょっとはわかってるみたいね。でも今はそんなこと重要じゃなかったの！」

蹴りすぎて乱れた髪を頰に張り付けて、メデリアンはそう言う。

アドニアはそんな俺とメデリアンを交互に見つめた。

明らかに俺たちの関係を怪しんでいる。

ところがだ。

それは俺も気になる。こいつ、一体何なんだ？

「アドニア！　ここはいいから、すぐにヨハネットを王都に連れて行け。それから、ケベル王に伝えろ。ケベル王国軍全軍の指揮権をお前に渡すようにと。そうしてくれれば、必ず勝つということをだ。今すぐ王が信じられる人間はお前ひとりしかいないとな。少なくとも戦争が終わるまではお前にすべてを任せるだろう」

「わかりました。すぐに戻ってきます！」

アドニアはうなずき、ヨハネットを引きずって消えた。

ケベル王国軍の指揮権を掌握するのはいいことだ。全軍指揮官がアドニアとなれば、少なくとも今は彼が俺を信じて従っているから問題はなくなる。

「ちょっとどこに連れて行くのよ！　もっと痛めつけてやらないと！」

「さすがにもういいだろう……」

俺のそばにいるもうひとりの敵は、なぜかまだヨハネットに対して怒っていた。

＊

「裏切りに気付いたということですか？」

ドンッ！

バルデスカは机に頭を激しく打ちつけながら、手を震わせた。

エイントリアンがヨハネットを利用しようとしている。プレネット公爵とわだかまりがある彼なので、援軍に来るやいなやヨハネットを使ってプレネットを処理しようとするということは十分に予想できたことだった。だからこそ、今度こそ自分が一歩リードしたと思っていた。

プレネットの代わりにヨハネットを総大将に座らせたエルヒンの不意をつけると。

ドンッ！

もう一度頭を打ちつけたバルデスカは、唇を噛み締めながら心を落ち着かせた。

得る。

戦争とは、負け続けても最後に一度勝ってすべてを得れば、それが最後の勝者となり

プライドを守ることはすでに諦めた。

勝てばいい。

最後の勝者になればいいのだ。

それにこの作戦は主要なものではない。

バルデスカはヨハネットを説得したムテガを再び呼んで言った。

「敵には他にも不和の種があります。プレネット公爵を再び復帰させるのが最も効率的でしょう。彼は明確な嫌疑もなくその座を剥奪されました。ここで再度全軍指揮官に復帰させられるならば、エイントリアン軍とケベル王国軍の軋轢は致命的なものになります。そうなれば緊密な連携はできなくなるでしょう」

どんなに卑怯な方法でも、バルデスカは勝つためなら全部使うつもりだった。

「直ちにケベル王国の王都に戻り、エイントリアン軍の実際の指揮官は、エルヒン・エイントリアン本人だという噂を広めてください。わかりましたか？」

「はい、総参謀！」

もちろん、これはただ一つの方便にすぎない。本当の作戦はヨハネットの裏切りと同時に始まった。

*

ヨハネットが使っていた駐屯地を撤去させた後。

結局、ヘベレット城への帰り道には俺とメデリアンだけが残った。いつの間にか腕の拘束も解けている。さっきの騒動で解けてしまったのだろう。だがもうそれをわざわざ縛り直す気にもなれなかった。

「あれ？　あそこ見て。星が降ってきた！」

ヘベレット城に戻る途中、メデリアンは空を指差した。

ヨハネットの反乱からここまで数時間しか経っていない。まだ空には星が瞬いている。

この世界の空はあまりにも澄んでいて、夜になると無数の星が夜空を彩る。俺が生まれた現代とは比べ物にもならない星夜の壮大さに素直に感嘆するには、こっちの世界に来てかなり時間が経ってしまった。

だが流れ星を見たのはこちらにきて初めてだった。

「あ、本当だな」

「きれい！」

「そうだな、きれいだな」

「じゃあ私は？」

「きれいだな」

いや、ちょっと待て。

つい釣られて考えるよりも前に言葉が先に出てしまった。

「本当に？　あははは！　さすが私が選んだ男ね！　お兄ちゃんも陛下も、そんなこと言ってくれたことないのに！」

「いや……」

本心から喜んで満面の笑みを浮かべながら走り回っているせいで釈明(しゃくめい)する機会を完全に逃してしまった。大喜びしすぎて満面の笑みのメデリアンに向かって否定することができない。

それにしても彼女の言葉に嘘はなさそうだ。一体どんな環境で育ってきたのか。

まあ……バルデスカの性格からして容姿を誉めるようなことはしなさそうだ。

メデリアン本人も戦うことしか頭になさそうだし。

しかし実際彼女は美少女といっていいだろう。猫のような吊り目に赤い髪。ユラシアやセレナのような高貴さからくる美しさではなく、もっと野性的な美がメデリアンにはある。

「さっきのはつい言ってしまっただけというか……」

「もちろんわかってるわよ！　でもダメ！　私たちは敵だからね！　へへっ」

何がダメなのかはわからない。そして彼女のわかっているは絶対に何もわかっていない。頼むから、敵なら敵らしく行動してくれよ。

さっきから彼女は俺を敵だと思っている態度ではない。へベレット城で俺を路地に連れて行き、俺の額に手を置いた時から距離感がほとんどなかった。そうなるほど、この頭痛の種をへベレット城に再び連れて帰る気にならなかった。

俺が悪口を言われると本気で怒ってヨハネットを蹴る姿などを見ると、なぜか敵どころか非常に親密な仲のように感じる彼女だが、彼女は厳然たるナルヤの十武将であり、バルデスカ家のお嬢様だ。

「おい、メデリアン」

「うん？　何？」

呼ぶと、笑っていたメデリアンが俺の前にきて、顔を少し下げて上目遣いで俺を見上げた。そして笑う。

いや、だから何なんだよ、この愛嬌は。

「ちょっと座ろう。ちょっと話をする必要があると思う」

「話？　いいわよ。敵だけど、それくらいなら許してあげる」

俺たちは今丘を越えているところだったので、丘の斜面に座ると、彼女はすぐに俺の隣にぴったりとくっついて座った。

ハハ、笑わせてくれるぜ。この距離感のどこから一体「敵だけど」なんて言葉が出てくるのか。

それに彼女をどうにか懐柔できないかと考えていたのも事実だ。

だがそれにしても、あまりに距離感がなさすぎて元々親しかったような錯覚までしてしまうほどだった。

「一つだけ訊こう。目的は何だ？　百歩譲っておまえが俺を助けるためにヘベレット城に来たとして、その後に降伏した理由は何だ？　いくらでも逃げられるだろう？　そこには絶対に何かあると思うんだが」

「はあ？」

俺としては大真面目に尋ねたのだが、メデリアンは面食らったような表情になる。

「それは……もうっ！　そんなつまらない話は嫌だ！」

メデリアンはそう言うと、俺の顔を両手で挟んだ。

「ここで私が『あんたなんか殺してやる！』って襲い掛かったらどうする？　面白そうでしょ！　私はそういう愉快なのが好きなの。先が分からないようなことが。めんどくさそうなのは嫌いよ」

いつの間にか俺の上に乗ってきて、彼女は身体を密着させたままそう言ってきた。

「ふふっ」

そしてまた明るく笑う。密着した身体のせいで、いろいろ困った。彼女から漂(ただよ)う妙にいい香りが鼻を刺激する。何かくすぐったい感じがする。

ずっとこうして好きにさせていても何も解決しないと思い、俺は彼女の両腕を摑んで体勢を入れ替える。

「逆にこんなに無防備なお前をここで殺したら、どうする？」

メデリアンはじっと俺を見上げた。目と目が合ったまま沈黙が流れる。しばらく瞬(まばた)きだけをしていたメデリアンが口を開いた。

「殺さなかったくせに。あの時もそうだったし。それに……私だって今でも一瞬であんたの背中に剣を突き刺すことができるわ。あんたこそ、無防備すぎるんじゃない？」

要するにこのスリルがいいってことか？

何なんだ一体。こんな相手、今まで出会ったことがない。

「……負けた、負けたよ」

言葉を失って、俺は彼女の上から降りた。すると彼女はむしろそんな俺の腕を摑んで、突拍子(とっぴょうし)もないことを言った。

「それより、眠い！」

「はぁ？」

「あんたが寝かせたからよ。眠る。だから眠ってる間、私を守ってよね！」

そういって彼女は本当に目を瞑ってしまった。

マイペースすぎないか？

「守ってくれって、敵に？　敵に他の敵から守ってくれって、おい……ちょっと待てよ」

「ぐぅぅぅー！」

ぐーって何だよ、今口から出した声だろ！

「……あああ、もういいわかった」

俺たちがいる丘の下にヘベレット城がよく見えている。状況は平穏そのものだ。

ナルヤ軍は、ヨハネットの裏切り作戦の失敗で1万の兵力損失を被り、完全にヘベレットから退いた状態だ。

だから、まぁいいか。

今はこのワガママなお姫様に付き合ってやるとしよう。

ちょうどひとりで考えたいこともあったし、しばらく時間ををつぶそうと決心した。

戦争において最も面白いのは、大胆に相手の裏をかくことだ。今回バルデスカが俺にしようとしたように。

今バルデスカは何を考えている？　俺が裏切りを見破ったことはすでに知っているだろう。悔しいか？　それはそうだ。だがこんな小粒の策だけで勝負しようなどとは考えていないはず。

だとすれば考えられるのは……。

と、そこまで考えてふと横を見た。

寝たふりをしていたメデリアンはいつの間にかすやすやと本当に眠っている。

「くぅ～……」

幸せそうな顔だ。

猛獣だって寝ている間はかわいいものだ。

「できればずっとこうしていてくれると助かるんだがな……」

俺はつい、そう呟(つぶや)いた。

＊

ケベル王国に派遣されたラミエからの援軍は、今まさに自国の国境に着いたばかりだ。

そんな彼らに接触してくる男がいた。

ナルヤ王国の使者だった。

使者が持ってきた密書には、援軍を要請する、という内容のことが書かれていた。

「つまりナルヤは我々と同盟を組むと……？」

「同盟ではありません」

ナルヤ王国の使者の言葉に、ラミエの大司祭（しさい）は首をかしげた。自分たちと共に戦えと言いながら、同盟ではないとは。これは一体どういうことだろうかと思ったからだ。

「あなたたちラミエ王国は、我々が手を下さずとも滅びる運命にあります。ロトナイ王国、そしてエイントリアン王国と対立している状態で我々とも戦える、などと驕（おご）ったことはまさか考えておりませんよね？　まあ……早いか遅いかの違いです」

ナルヤの使者は嘲笑（ちょうしょう）するように説明した。

ラミエの大司祭は途端に顔を真っ赤にする。怒りでどうにかなりそうだった。

援軍の要請というので、当然同盟の要請だと考えた。それなのに同盟ではないとは。

これは完全に脅迫（きょうはく）に他ならなかった。

「君は、私たちを何だと思っているのだ！　ラミエ神の怒りが怖くないのか！」

ラミエの大司祭がそう言ったが、ナルヤの使者はただ笑った。

「なるほど、では我々とも戦争をする、という意味ですね。大司祭様」

そして、何の躊躇（ためら）いもなく立ち上がって背を向けた。

「あ……い、いや、ちょっと待ちたまえ！」

大司祭は慌てて使者を呼び止める。腹立たしかったが、ナルヤ側の言うことは正しい。

正しいが故（ゆえ）に完全に脅迫でもあったが。

もしナルヤがケベル王国を占領してすぐラミエに攻め込めば、状況は非常に深刻になる。

とはいえこの援軍要請にはラミエ側に支払われる対価はない。

ただ使われてすり潰されるだけ。

一つだけ利があるとするならば、ナルヤ王国が別の国、例えばロトナイ王国やエイントリアン王国を攻めている間に軍を立て直せるということ。

ナルヤ軍としてもケベル・エイントリアン連合軍とラミエ王国軍の両方を相手取るのはリスクがあるだろうが、それをやってのけるのがナルヤという大国の力だ。

プライドが完全にへし折られている。

だが大司祭は本来話にもならないような要求にもかかわらず、ナルヤの使者を丁重に扱わざるをえない自分たちの状況に溜め息が出た。

「これもすべて、エイントリアンに敗北したせいだ」

大司祭は思わず声を漏らしていた。

それを聞き逃さず、使者は満面の笑みになる。

「そうです。まさにそれです」

「え？」

「あなたたちの仇(かたき)であるエイントリアンを討つ機会を差し上げます。つまりあなたたちは復讐のために援軍を差し伸べるのですよ」

ナルヤの使者がバルデスカから指示された言葉をそのまま伝えると、ラミエの大司祭はうなずかざるを得なかった。

「今すぐ一番速い馬だけを乗り継いで、王都に行ってこい。今すぐだ！」

最終的にラミエの援軍は王都に戻らず、ケベル王国との国境で待機する決断を下した。

そしてラミエの王は、エイントリアンで死んだ大司祭を除いた残りの司祭たちを全員呼んで会議を行い、その結果ナルヤの提案を受け入れた。

いや、受け入れざるを得なかった。選択肢など初めから存在しない。

そして数日後、周辺の領地で急遽補給物資を調達したラミエ王国軍は、泣く泣くケベル王国との国境を再び越えた。

今度は援軍ではなく、敵として。

もちろんケベル王国にいかなる知らせもなくだ。

ケベルとの国境を越えた彼らを迎えたのはナルヤの使者であり、その使者が彼ら伝えたのはバルデスカの計略だった。

＊

起きた。
夜がそろそろ明けようというころ。3時間ほど寝ていたメデリアンが伸びをしながら

「ふぁぁ～！」

「よく寝たぁ。最近ほとんど寝てなくて……ん？」

彼女は目を覚ますと、傍にいた俺を見つける。

「おお、私を守ってくれていたの？」

メデリアンは嬉しそうな顔になった。

「いや、それはだな……」

さすがにひとりにしておくことができず、俺は夜じゅう彼女に張り付いていた。見守るというより見張るという感じだったが。

ちなみに夜中に何度か野獣が現れて俺たちを襲おうとした。

しかたなく迎撃しようと思ったのだが、殺気を感じたのかメデリアンはふらりと立ち上がり、即座に剣を飛ばして切り殺してしまったのだ。

それらの死体は今も近くに転がっている。これを見て守ってくれたと言っているらしい。もしかして全く覚えていないのか？

事実を説明しようとすると、メデリアンは自分の口に手を当て、プッと笑った。この前見たあの行動だ。

「恥ずかしがっちゃって。もう！　かわいいわね！　もっと胸を張って自慢してもいいのに！」

そう言いながら胸を張る彼女。

自分が誰かに守られるような存在ではないという自覚が全くなさそうだった。

「これ、食べられるかな？　お腹空いたんだけど」

さらにメデリアンはお腹をさすりながら野獣に近づいた。そして、剣を取り出して解体を始めた。内臓を取り出して食べやすい大きさに切り分けられていく肉。

「何してるの？　火をおこしてよ。火！」

呆(あき)れて眺(なが)めていると、メデリアンが命令してくる。

「はいはい分かった」

結局、彼女に言われるがままに俺たちは肉を調理した。

火を囲んで俺たちは肉を焼いては食っていく。

思う存分食べたメデリアンは、そのまま再び横になった。

「あぁ～よく寝たし、お腹いっぱいだから、何もしたくない」

すべてからストライキを宣言し、空を眺めていたメデリアンが指で星を指した。

「今日は星がたくさん流れてるわね！　人がたくさん死んだのかしら」

「人が死んだ？」

それと流れ星に何の関係が？

「ああ……死んだら人の魂は星になるってやつか？」

「そうよ。当たり前でしょ？　流れ星は綺麗だけど、人の命が最期に光って流れていくって考えたらもっと美しく思えるじゃない」

俺は首を横に振りながら彼女の言葉を否定した。

「死か。俺の故郷ではそう考えないけどな」

「え？　あんたの故郷？　エイントリアンじゃ違うんだ？」

「死とは全く関係ない。ただそうだな……星が流れて消えるまでにその星に願い事をすれば願いが叶うってのはある」

俺は信じていないが、人が死ぬよりはずっとロマンチックだろう。

「星が流れて、きらめく光が願い事をする人に大きな力を与えてくれるんだ」

メデリアンは「へぇ～」と感嘆の声を上げる。

「エイントリアンってちょっと発想が変わってるのね」

「もともと星の尾には希望が込められているんだ。そう考える方がロマンチックだろう。願いが叶えばそれでいいし、叶わなければそれだけだ」

「じゃあ、本当に願いを叶えた人がいるの？」

「ああ。いるとも」

特に実例は知らないし、いたとしてもおそらく自分で努力して願いを叶えたんだろうけど。いるということにしておこう。

「じゃあ、私も願い事をする！　すごく大きなことをお願いするから、すごく大きな星が流れた時に祈るわ」

変だと言いつつ、気に入ったのか空を見上げながら俺に尋ねた。

「どうすればいいの？」

「ああ、こうするんだ。両手を組んで」

「こ、こう？」

メデリアンは両手を組んで目を輝かせながら俺を見た。

「そうだ。そうやって組んで、星を見ながら心の中でお願いするんだ。そう、そうやって。……片足を上げるともっといいな」

「片足を？」

「そうだ。そうしながら片足で身体を支えて、そっと倒れるんだ」

「えぇ？　うわぁっ！」

その言葉と同時に、メデリアンは両手を組んだまま丘の下に転がり落ちた。ついついいたずら心から少しからかってしまったが、本当に真似するとは思わなかった。

「あ、あんたねぇ……っ！」

しばらくして、頭に草をいっぱいつけて戻ってきたメデリアンが元気よく叫んだ。

「転がるほど願いが叶うんだ。本当だぞ？　怒ることじゃない。何回転がった？」

「え、本当に？　うーん、えっと、5回？」

「プッ！　あはははははっ！」

指で転んだ回数を数える姿が、何だか戦場での姿と違いすぎて、思わず笑ってしまった。

すると、メデリアンは唇を噛み締めて俺を蹴り飛ばした。

「くぅぅぅっ、騙したわねっ！　せっかくだからやってあげたのに、あんたほんと悪いやつなんだから！」

「悪かった、両手を組むまでは本当だ。その瞬間に願い事をしたら叶うかもしれない。それは本当だ」

「本当……？　まぁ、いいわ。今度試してみる」

「ところで、一体どんな大きなお願いをするつもりなんだ？」

ふと気になって尋ねると、メデリアンは舌をペロッと出した。

「秘密！」

それから俺に背を向けた。

「おかげで、気持ちが固まったわ。もう帰る」

「は？」

「実はやることがあるんだけど……あまり気に入らない命令だからさ。だからまたね！ヒヒッ」

そう笑ってメデリアンはどこかへ行ってしまった。

もともとここで別れを告げようとしていた。会話ができなければ強制的な方法ででも。それなのに、むしろ先手を打って自ら去ってしまった。本当に最初から最後まで理解できない存在だ。

*

ヘベレット城に戻った俺は、アドニアが帰ってくるのを待ってから次の作戦を実行した。

最大の心配はケベル王国軍が俺の指揮下を離れることだったが、指揮権がアドニアに完全に委任されたことでそれも解消された。

「俺は次の作戦のためにここから離れる。この戦線はアドニア、君に任せる。エイントリアン軍も好きに使ってくれて構わない」

「一体急に、どういうことですか？」

エイントリアン軍まで任せるという言葉に、アドニアは驚いた顔で俺を見た。

「作戦を台無しにする可能性のあるプレネット公爵とヨハネット公爵をふたりとも排除したから、これからはこちらからも仕掛けていかないとな？　いつまでも防衛戦をしていても状況はよくならない」

「それなら……何かこの戦局を変える作戦があるのですか？」

「もちろん。今へベレットにはエイントリアン軍とケベル王国軍の両方がある。最も重要な戦線だから。そうだろう？」

「そうですね」

「まさにその点だ。ナルヤもそう思うだろう。だから俺はその裏をかく」

俺はアドニアにこの作戦の概要を説明した。

アドニアはその作戦を聞いて唖然（あぜん）とした。

ここにアドニアがいなかったら実行できない作戦でもあった。アドニアに加えて強力な武将と指揮力の高いエルヒートがいるから、安心して任せられる。そのためアドニアを納得させた後、ジントを呼んだ。兵士を連れず小規模で移動するつもりだった。

大規模な兵力が移動すれば敵にバレかねないが、逆に闇夜に紛（まぎ）れてジントとふたりでこっそり抜け出すことは、それほど難しいことではない。

目的地はすでにナルヤに占領された地域。

システムで見ると、敵はすべての兵力を前進配置させていた。

ヘベレット城の前線で対峙しているのが敵の主力兵力だ。行方不明の部隊が一つあるが、それはナルヤ王の部隊だ。

おそらく彼らはケベル王都へと向かってくるだろう。

さすがにこの局面、俺でもバルデスカの策を完璧に読み切れてはいない。

だとすれば別の方法でそのわからない作戦を最大限無力化させることを目指すべきだ。

なので、俺はナルヤ王国が占拠した場所にある城を狙うつもりだった。この城はナルヤの補給基地となる場所でもあった。ここが遮断されれば、ナルヤはいろいろと困難情況になる。

アドニアが襲撃したのはあくまで輸送中の補給部隊。補給拠点そのものは叩けていない。だが再度同じ策をとったところで効果は薄いし、大きな影響を与えることもできない。

もちろん城攻めともなると、ジントと俺のふたりだけでできることではない。

それであっても補給部隊などの襲撃がなく、最初から後方の城をすべて占拠して敵の退路も困難にすること。

それが今回の俺の行動の理由だった。

＊

ヘイナとエルヒートにエイントリアン軍を委任し、ナルヤ王国軍の後方に到着した。

「俺たち三人だけで攻撃するのか？」

最初の目標にしたケベル王国の領地だったバザレット城を見ながら、ジントは珍しく尋ねた。そして一緒に来たジントの弟子であるダモンも緊張した顔で俺を見た。

これがダモンの初陣となる。緊張するのも無理はないだろう。

「どうした。怖いのか？」

俺が笑いながら訊くと、ダモンは激しく首を横に振った。

「恐怖など！　この時のために俺はジントさんに稽古をつけてもらったんです！」

やる気だけは一人前だ。あとは実際に使い物になるかどうか。

「まあでも三人だけで仕掛けはしないさ。そんな無謀なことをさせるつもりはない。むしろ特攻だったらダモンは連れてこなかったさ。そういう無謀なのは俺たちふたりの専売特許だからな」

以前、リノン城でふたりで持ちこたえて門を開けたのもそうだし、ロゼルンでは敵の城をふたりで攻撃して補給物資を燃やして逃げた。それも無謀なことだったが、ジントとふたりで成し遂げた。

「俺は命令されたことをやるだけだ。どれだけ無茶苦茶なことでもな」

ジントはそう言ったが、俺は首を横に振った。

この前までの特攻は、文字通り特攻だ。ふたりで後方の城をすべて奪うのは絶対に不可能なことだ。

とはいえエイントリアン本国の兵力はこれ以上減らすわけにはいかなかった。使える兵員は全員連れてきたから。残りはエイントリアンの防御軍だ。

敵だって馬鹿ではない。ここでナルヤ軍を討つために戦力を割き過ぎれば、むしろ俺たちではなく無防備な本国が狙われることになる。ナルヤ軍以外のハイエナを刺激することにもなりかねない。

それでは本末転倒だ。

しかし一つだけ、ここで俺たちが力を借りることのできる相手がいた。

「あ、あそこ……敵軍です！」

ダモンが遠くに見えた軍隊を見ながらプルプル震えたが、俺はただ笑い飛ばした。

「敵じゃないさ」

それはルナンから大きく迂回して入ってきた味方だった。ルナンを通じて入ってきたため、現在ルナン地域はナルヤ軍が守っているので、おそらくこの軍隊の存在はナルヤに伝わるだろう。まぁ、それは避けられない。

　しかし、それが伝わって備えることと、今すぐこの軍隊で戦争をすることでは、当然後者が早い。

　時間との勝負だ。

　俺たちが補給拠点を潰すのが早いか、バルデスカの策によってナルヤ王カシヤが戦線を突破するのが早いか。

　だが俺は将としての彼女をだれよりも信頼している。

　そして彼女を慕い命を投げ出すことのできる軍人たちも。

　現れた軍の先頭に立つ指揮官は、金の髪をなびかせて勇ましく馬を駆っている。

「お待たせしました。ロゼルン王国軍騎兵隊、エイントリアンへの助太刀のため参上いたしました」

　ユラシア・ロゼルン。

　彼女こそまさに俺にとっての勝利の女神だ。

＊

［ロゼルン王国軍］

［騎兵：3万］
［士気：100］
［訓練度：75］

ロゼルン王国軍。

昔に比べてかなり［訓練度］が上がっている。

ブリジトとの戦争以降、きっちりと軍隊の育成に力を入れたようだ。それに元々［士気］は非常に高い。そこへユラシアの指揮力が加わったのだから、［士気］が100なのは当然のこと。

約束した合流場所に到達したユラシアが隊列を止めて馬から降り、俺のほうに走ってきた。

「間に合いましたか？」

「ああ、問題ない。俺たちも今来たところだ。それより、苦労かけたな」

「大丈夫です。弟とロゼルンの貴族たちは今回の派兵に賛成しました。その結果がこの軍隊です。……ん？」

突然ユラシアが俺をじっと見つめる。

「なんだ？」

訊くと、ユラシアは俺の方へ少し顔を寄せた。

「何か……妙なにおいがしますね」

妙なにおい？

「ジント、何かにおうか？」

「いや、わからん」

即答するジント。

こんなことで嘘をつくやつではない。それでも念のため隣にいるダモンを見た。

「何のにおいもしないですけど……？」

ダモンも俺の潔白を主張した。ていうか、何のにおいがするんだ？

「何か嫌なにおいだけど……」

それでもユラシアは眉をひそめて俺の周囲を回った。前でクンクン、後ろでクンクン。

いや、犬かよ？

探知犬か何かか？

犯人を探そうとする刑事のような眼差しでクンクンするユラシア。

「怪しい！　これは女のにおいです！　それも私の知らない女ですね」

え、女？

ユラシアは非常に疑わしい目つきをした。

女って。

急にメデリアンが思い浮かんだ。

確かに彼女とはかなり接近したことは事実だが……。

いくらなんでも数日前のことなのに、そのにおいがするって？　あり得ない。

「そんなはずないだろ。敵と会ったことはあるけど。いや、今はそんなこと問題じゃない。話は後にして、今は先に進もう。時間がない」

そう、今はそんなことより奇襲を優先しなければ。

これ以上は絶対に面倒なことになる、と確信した俺はユラシアの手を握り、そのままロゼルン軍の前まで連れて行った。

「あ、ちょっと待ってください！」

「早く行こう。馬に乗って。なあ行こうぜ！」

不審そうな顔をするユラシアを無理やり馬に乗せ、再び軍を出発させた。

ロゼルン軍は命令に従って進軍を始めた。［訓練度］70を超えるので、ある程度秩序のある進軍が十分可能だった。

まもなくして、3万のロゼルン軍とバザレット城の前までたどり着いた。

ロゼルンがこの3万の兵力を出した理由は簡単だ。俺への借りもあるが、実はそれよりはケベル王国が占領されれば、次はロゼルンもナルヤの攻撃からは逃れられないという理由が大きかった。

今も旧ルナンの領土とは国境を接している。ルナンの土地はナルヤが占領しているが、土地が広いだけに完全な支配まではできていない状況だ。

なのでロゼルン軍は発見されるというリスクはあれど、足止めを食らうことなくこちらへ来れると俺は読んでいた。

ケベル王国やラミエ王国などとは違い、ロゼルンは基本的に俺に対する信頼があった。また、ユラシアが俺の味方だという事実が決定的に作用したのだろう。ロゼルン国内で依然として強い影響力を持っている彼女だ。だから最終的にナルヤを撃退することがロゼルンを守るためだということを納得させられたのだ。

後方の城の中に補給基地があるはずだった。もちろん向こうも奇襲を警戒して補給基地は随時変えているだろう。

というわけで第一の目標は、後方の城を最大限多く占領することだ。

そのため、手始めにこれといった備えもしていないバザレア城に向かって攻撃命令を下した。

「突撃せよ！」

この時点で、すでにバルデスカがロゼルン軍参戦の知らせを聞いて動き出しただろうが、その備えをする時間はさすがにないはず。

当然、バザレア城の兵士たちは突然の奇襲に慌てふためいた。

彼らに向かって突撃するロゼルン軍！

ロゼルン軍の大きな喊声がまさに高い［士気］の証だった。

［士気ボーナス：攻撃力が一時的に＋20％増加します］

［士気］が100を満たしたため、その効果で攻撃効率が向上した。

大きな喊声が敵のやる気を下げ、弓兵さえまともに準備されていない状況で、ロゼルン軍ははしごをかけて城壁を登り始めた。

「わぁぁぁぁぁっ！」

［バザレア城ナルヤ軍：6871人］
［ロゼルン王国軍：3万人］

バザレット城に駐屯するナルヤ軍の［訓練度］は92。［士気］は85くらいだ。

後方に配置された上に戦況が有利に進んでいるおかげで少し気がたるんだか。最前線のナルヤ軍と違って［士気］が落ちていた。そこに奇襲を受け、混乱の効果が発生したおかげで。

［混乱：敵の士気が10減少しました］

［士気］が75まで落ちた。

一歩遅れて迎撃の準備を始めたバザレット城の城壁には、すでにロゼルンの兵士たちがひとり、ふたりと上がり始めた。

その状況で、ジントはただうずうずした顔をしていた。

「ジント、お前の出番だ。城壁に登って、門をこじ開けろ」

システムで確認したバザレット城の指揮官は、大したことなかった。［武力］が75と十分強い値ではあるが、十武将級でもないため、ジントとは比べものにならないレベルだ。

「ぶち壊す！」

ジントは嬉しそうな顔でバザレット城に向かって駆けて行った。

＊

ジントがはしごを登り始めた。彼の出撃により、はしごにしがみついていた兵士たちの速度が上がった。すでにかなりの人数が城壁に上がっていたので、ジントはこれといった困難なくはしごの上に進むことができた。

ただし、さすがはナルヤ軍である。

奇襲に戸惑ってしばらく混乱状態に陥って慌てたが、すぐに戦列を整えて弓兵を準備させた。

はしごに向かって矢が降ってきたが、当然ジントにとっては大きな脅威ではなかった。途中熱した油を撒き始めたのは少し危なかったが、ジントはその瞬間に跳躍して別のはしごに飛び移る。

さすがナルヤ軍。伊達に「大陸最強の軍隊」と呼ばれているわけではない。

補給拠点かつ士気も下がっているのに効果的に対処してくる。

だが抵抗が激しくなるほどジントの闘志が高まった。

彼はいつも渇きを覚えていた。エルヒンから受けた恩はどれだけ戦っても返すことができないと考えていたから。

特に最近はこのように単独で作戦を引き受けることも少なかったため、ジントは今心の底から燃え上がっていた。

ただの活躍では足りない。エルヒンの役に立つ活躍をしたかった。そのためには、素早く占領しなければならない。特に深く考えないジントだったが、この戦闘の基本的な目標が早急な城の陥落ということくらい理解している。

矢の照準がだんだん正確になり、城の下に注ぐ沸騰した油がさらに頻繁になり、抵抗が組織的なものに変わっている状況で、ジントはついに城壁の上に到達した。

城壁に上がったジントは「無名の剣」を抜いた。

彼の周りに強力なマナのエネルギーが広がる。

ジントの乱舞。

ジントは単騎でナルヤ軍を薙ぎ倒し始めた。

剣を振るうたびに鮮血が飛び散る。その血飛沫が城壁の間に流れ込み、赤く光るほどだ。

ジントを阻止しようとナルヤの兵士たちが集まったが、飛びかかった兵士たちは尽く弾き飛ばされていく。おかげでロゼルン軍の大部分が城壁に上がって戦い始めた。それはつまり、ジントを助ける兵士が増えるということでもある。

もちろん、バザレア城の指揮官も黙ってはいなかった。

「敵将を殺せ！　あいつを生かしておいたら他の敵兵も上がってくるぞ！」

しかし、そう声を上げた瞬間ジントに位置を察知される。ジントは指揮官を目指して突撃した。

とてつもないスピード。ブリジトのガネイフを思わせるほどの剣捌き。

ジントの連続攻撃がひとりの兵士の胸を斬り、その次に兵士の首を斬り、飛び上がって首を刺し、その反動で剣を抜いて次の兵士の腰を斬り裂く。

ジントは逃げる指揮官を追って城内へ移動し、ロゼルンの兵士たちが後に続いた。

とてつもない威力を発揮するA級武将が前でこうして戦うと、ロゼルンの兵士たちはナルヤ軍と対等に戦い始めた。

強力な武将が自分たちの味方だという信頼が［訓練度］の差を克服し、強力な力を与えたのだ。もちろん、そこにはユラシアが上げた［士気］100という力も大きく作用している。

ジントが斬って斬って斬りまくり、ついに逃走中の指揮官の背を捉えた。

「うわぁぁぁっ！　どうしてこんなやつがここに！　矢を射て！　近づかれたら殺されるぞ！」

ナルヤの弓兵たちが味方に当たることも構わず矢を放った。また、歩兵隊が即座に進路を塞ぐ。城門も空けられないようにしっかりと守られていた。

ナルヤ軍の底力を見せつけられる。この状況で各自がここまで最善の手を打てる軍隊というのは他にいないだろう。

しかし、ジントの前にはそれも無力。

ジントは指揮官を追って城門へと迫る。そして城門を守っている歩兵隊に向かってひとりで飛びかかる。

「全員どけぇぇぇぇぇっ！」

ジントは自分のスキルを発動した。

［無名の剣］によって発動するジントのスキル。地面から数多くの土の剣が上空に突き上がる。

ドドドドドッ！

地面がしばらく揺れた後、土の剣がナルヤ軍を貫き始めた。

「うわぁぁぁっ！」

「あぎゃぁぁあっ！」

「俺の足が……うわっ！」

ジントと対峙していた兵たちがそのスキルによって串刺しにされる。

敵の足が止まった瞬間を狙って城門の前に飛び出した。

素早い剣技が歩兵隊を斬り倒し始め、ジントは敵の指揮官を目で捉えた。

敵兵を殺し、その身体を踏み台にして空中に跳躍し、指揮官の首を斬りつけながら再び歩兵隊の真ん中に着地した。

「俺がエイントリアン軍のジントだ！」

その姿はまさに戦鬼。

［ジントの武力が＋1になりました］

若い彼にとって戦闘の経験は多くの経験値であり、それはすなわち成長だった。

自らはそれに気づかなくても、上がった［武力］はジントの剣技の速度をさらに速めた。

そのおかげで隊列は完全に崩れ、続いて下りてきたロゼルン軍が合流し、城門にはついに空間ができ始めた。

エルヒンの望み通り、ジントは城門を開いたのだった。


（Ⅵ巻へ続く）

あとがき

『俺だけレベルが上がる世界で悪徳領主になっていたV』をご購入いただきありがとうございます！　作者のわるいおとこです。

4巻の発売から少し時間が開いてしまい、お待たせしてしまった読者の皆様へは申し訳なさでいっぱいです。

それでもこうして無事に刊行することができて本当に良かったです。


さて、今回から正式にエルヒンの王国「新エイントリアン王国」が始動しました！

ここからは大国VS大国の手に汗握る戦いが繰り広げられていく予定です。お話は少し複雑になってしまいますが、その分面白いと思っていただけるような展開を盛りだくさんにしてお届けできると思います！

さらにヒロインレースではなんとメデリアンが一気に首位に躍り出ました！　きっとイラストからもメデリアンの可愛さが伝わると思います。イラストを描いていただいたｒａｋｅｎさんには本当に感謝しかありません。

硬派で忠実なユラシアが犬系ヒロインだとすれば、気まぐれにこれでもかとエルヒンにくっつくメデリアンは猫のようなヒロインです。

もちろんセレナだってこのまま黙ってはいません。

次巻以降はエルヒンを巡る恋愛模様も一層加速していきます！

是非期待していてください！


そしてガンガンONLINEとマンガUP！にてコミカライズも順調に連載中です！

コミカライズではようやくユラシアが登場しました。エルヒンを悪徳領主だと思い込んでいた頃の姿を見るとなんだかちょっと懐かしいですね。

コミカライズ単行本1巻も発売中ですので、よろしければ原作とコミカライズの両方を読み比べてみてください！


それでは皆さん。

コロナの脅威は未だに収まらず、むしろ現実世界ではさらに大変なことばかりが起きています。それでも、こんな時だからこそ頑張っていきましょう。

また次巻でお会いしましょう！

わるいおとこ

■ご意見、ご感想をお寄せください。……………………………………………………
ファンレターの宛て先
〒102-8177　東京都千代田区富士見2-13-3　ファミ通文庫編集部
わるいおとこ先生　　raken先生

FBファミ通文庫

俺だけレベルが上がる世界で悪徳領主になっていたV

1813

2022年11月30日　初版発行

◇◇◇

著　者　わるいおとこ
発行者　山下直久
発　行　株式会社KADOKAWA
〒102-8177 東京都千代田区富士見2-13-3
電話 0570-002-301（ナビダイヤル）
編集企画　ファミ通文庫編集部
デザイン　AFTERGLOW
写植・製版　株式会社スタジオ205プラス
印　刷　凸版印刷株式会社
製　本　凸版印刷株式会社

●お問い合わせ
https://www.kadokawa.co.jp/（「お問い合わせ」へお進みください）
※内容によっては、お答えできない場合があります。
※サポートは日本国内のみとさせていただきます。
※Japanese text only

ISBN978-4-04-737146-0 C0193

定価はカバーに表示してあります。

学校に内緒でダンジョンマスターになりました。

著者／琳太
イラスト／くろでこ

実家の裏山から最強を目指せ!

ダンジョン探索者養成学校に通う鹿納大和はある事件をきっかけに同級生や教官からいじめられ、落ちこぼれとなってしまう。だがある日実家の裏山でダンジョンを発見した大和は、秘密裏に実力をつけようとソロでのダンジョン攻略に乗り出すのだが——!?

FB ファミ通文庫

斧使いのおっさん冒険者イチャエロハーレム英雄譚

著者／いかぽん
イラスト／蔓木鋼音

斧の力で報われない人生が激変!?

報われない人生を送ってきた斧使いのおっさん冒険者ダグラス。彼はある日ダンジョンで仲間に裏切られて命を落としそうになる。そんな時、神話級の力を持った斧を手に入れることに。斧の力で彼は窮地を脱した後、美少女たちに惚れられ、誰もが羨むような英雄への道を歩み始める。

エイス大陸クロニクル
～死に戻りから始める初心者無双～

著者／津野瀬 文
イラスト／七原冬雪

最強初心者の勘違いVRゲーム年代記!

友達を作らず、オフライン格闘ゲームばかりプレイしていた伊海田杏子。彼女はある日意を決してVRMMORPG『エイス大陸クロニクル』をプレイしてみることに。ところがログインした彼女が降り立ったのは、何故か高レベルのモンスターがひしめくダンジョンで——!?

Vtuberってめんどくせえ!

著者/烏丸 英
イラスト/みこフライ

炎上上等?　噂のVtubers!

阿久津零(あくつれい)は男性Vtuber蛇道枢(じゃどうくるる)としてデビューした。が、所属事務所は彼以外が全員女性ということもあり、初配信から大炎上。ネット上の罵詈雑言に「めんどくせえ」と耐えながらも活動を続ける零(枢)だったが、事務所の同期である羊坂芽衣(ひつじざかめい)とのコラボ配信が決まり……。

FBファミ通文庫

わたしを愛してもらえれば、傑作なんてすぐなんですけど!?

著者／殻半ひよこ
イラスト／ハム

お姉さん妖精と、甘々同棲生活!?

売れない高校生作家・進太朗が大作家の父が残した家で才能を授けるという妖精りやなさんと出会った。彼女に唇を奪われた瞬間、素晴らしい小説のアイデアを閃くが、進太朗は執筆を拒否！　りやなさんは涙目で進太朗にそのアイデアの執筆を迫ってくるのだけど——!?

FB ファミ通文庫